悪役令嬢ですが破滅回避で体調不良を理由にイケメン公爵様から逃げたら、甘～い溺愛で捕まえられました！

千石かのん

Illustration
鳩屋ユカリ

JN112595

悪役令嬢ですが破滅回避で体調不良を理由にイケメン公爵様から逃げたら、甘〜い溺愛で捕まえられました！

contents

プロローグ

屋敷を取り囲むように色とりどりの花々が咲き誇り、冷たい季節が終わりを迎えてやってきた春。

少しだけ生地が薄くなった赤いドレスにショールを羽織り、玄関ポーチに立つランズデール伯爵令嬢、レティシア・レイズは、土の香りが混じった柔らかな風に目を細め、緩くまとめた金髪をそっと手で押さえる。

大きく深呼吸をし、それからしょんぼりと肩を落として立つ妹のジョアンナに視線を遣《や》ると苦笑した。

「ほら……いつまでくよくよしてるの？　伯爵令嬢らしく背筋を伸ばして顎を上げる」

自ら手本を示すように背筋を正してみせれば、のろのろと顔を上げたジョアンナが「おねぇさまぁ」と悲壮感溢《あふ》れる表情でレティシアの腰に抱き着いてきた。

「私は行きたくありません……絶対にお姉さまが行くべきなんです」

嫌がるように首を振る、金髪の可愛《かわい》らしい頭を見下ろしてレティシアは溜息《ためいき》を吐いた。

それは絶対に無理だ。

「『銀嶺《ぎんれい》』への参加の第一条件が規定値以上の魔力よ？　私にはそれがない……だから行けないの」

ぽんぽん、と肩を叩《たた》いて見せると顔を上げたジョアンナが、綺麗《きれい》な空色の瞳にレティシアを映した。

レティシアの赤い瞳とは違う……優し気な青。

そこからもう、すでに「自分」と「彼女」の役割が違うのだとレティシアは知る。

「お姉さまには魔力があるんです……ただ、お身体の具合が良くないだけで……」

「身体が弱かったら、王都防衛を担《にな》う高等魔術組織になんか入れるわけないでしょう」

呆《あき》れたようにそう告げて、レティシアは「ほらほら」と未《いま》だ納得いかない様子のジョアンナの肩を押して車寄せに停《と》まる馬車へと促した。

「さあ、いってらっしゃい。先に参加されているお兄様によろしくね」

とっておきの笑顔でひらりと手を振って見せれば、渋々……本当に渋々、ジョアンナはドレスの裾を翻して馬車へと歩いていく。乗り込む際にもちらりと振り返るから、レティシアは聖女のような笑顔を崩さなかった。

やがて黒塗りの二頭立四輪馬車《キャリッジ》が蹄《ひづめ》の音も高く走り出し、門を通り抜けていく。

王都の中心にある、王都防衛組織、『銀嶺』本部へと走り出した馬車を、見えなくなるまで見送り、それからレティシアは傍に控える侍女に「一人にしてもらえる?」と切り出した。

使用人たちが消え、一人レティシアは屋敷の南に広がる庭園へと歩き出す。

中央にあるバラ園まで来るとおもむろに周囲を見渡し、誰もいないのを確認してから思いっきり万歳をした。

「いいいいいやっっったあああああ!」

ひゅー、と声を上げてその場でスキップをする。

「やったやった、やったわ！　今日、この瞬間を目指して五年、とうとう運命をねじ伏せたわ！」

ひゃっほう！　とひとしきりくるくる回ったり、踊ったりした後に、レティシアは傍にあったベンチに腰を下ろすとガッツポーズを取った。

「みたか、悪役令嬢の根性を！」

そう。

ランズデール伯爵令嬢、レティシア・レイズは人気乙女ゲーム『ＣＲＹＳＴＡＬ　ＣＲＩＭＥ』の悪役令嬢である。

それを思い出したのは五年前。十五歳の誕生日パーティで起きた、花火の事故の時だった。

兄に護《まも》られ、両親と妹と共に安全な屋敷に移動するレティシアの脳裏に蘇《よみがえ》ったのは、花火大会を見に行く途中で事故に遭い、消えゆく意識のなかで最期に見た綺麗な光の花だった。

唐突に溢れた「忘れていた記憶」に気を失い、三日間寝込んで目が覚めた時に自分が乙女ゲーの悪役令嬢に転生していると気付いた。

それから五年。

最悪な運命である『死亡エンド』を回避するために、彼女は奮闘した。

『ＣＲＹＳＴＡＬ　ＣＲＩＭＥ』の冒頭は、多くの貴族が参加する、王都防衛高等魔術組織『銀嶺』へ平民出身のヒロインがやってくるところから始まる。同じく同期で参加するのがレティシアだ。

自分が二十歳になった時に、組織に参加するのだと気付いたレティシアは、自らの体調と引き換えに己の中の魔力を封印した。万年頭痛やら吐き気やら倦怠感《けんたいかん》と戦うことになったが、『銀嶺』に召集されなければ、ゲームに参加することもない。

ひたすらに『魔力のない病弱な令嬢』に徹し、結果、招集は妹・ジョアンナのみとなった。

ジョアンナは悪役令嬢の妹なのに心優しく、ヒロインの親友になる。つまり、レティシアはヒロインの親友の姉、というトンデモナク素晴らしいモブへと転身したのだ。

これでもう、断罪されて死ぬことはない。

この世界でありのままのレティシアとして生活できる。

踊ったからなのか、今までの体調不良の延長か、はたまた興奮からか激しい動悸《どうき》と眩暈《めまい》が襲い、レティシアは慌てて目を閉じる。前世で覚えた呼吸法を実施し、マインドフルネスを実行する。

そうやってしばらく、風が起こす葉擦れの音を聞きながらレティシアは気持ちを落ち着けた。

ゆっくりと目を開けると、世界に満ちる希望が見えるようだった。

空も木々も風も何もかもが煌《きら》めいて見える。

「……やっと……」

やっと死の運命から逃れられた。これからは好きに生きよう。まずは自分で封印した魔力を元に戻し、体調を改善させ、海辺の領地でスローライフを送ろう。そうしよう！

今日この日からレティシアの自由な生活が始まる。

妹が旅立った朝、彼女はそう信じて疑わなかった。本当に……心から………。

第一章　予期せぬ出会い

——あれから三か月。

レティシアは主領地を離れ、王都から南の領地・ポートエラルへと居を移していた。

妹がいなくなり、自分も田舎でのんびり療養したいと両親に申し出て、一緒に行こうかという彼らに、「ジョアンナも独り立ちしたのだから私も一人で暮らしてみたい」と懇願した結果だ。

封印していた魔力を解放したことから、体調は劇的によくなった。

だがいきなり元気になっても怪しまれるから、と三か月かけて徐々に体調がよくなっているように演出し、今ではちょっとのことでは心配されないほどになった。

ポートエラルでの生活は快適で、レティシアは屋敷の反対側、海に突き出す岬にそびえる灯台で暮らしている。

若くして命を落とした前世では、親元を離れて生活したことが無く、一人暮らしに憧れがあった。

加えて、海の側で生活していたため、幼い頃から眺めていた灯台に興味があり、子供心に「あそこに住んでみたい」と思ってもいた。

それが異世界で叶《かな》うなんて。

既に何年も使われていなかった灯台は、赤と白に塗られた石造りの円塔と、柔らかな水色の屋根と白い壁の二階建ての家屋が併設している。そこを手直しし、快適な住まいが出来上がったのだ。

現在彼女は、作業用の地味な若草色のドレスを着て、灯台の裏手の平地にいた。

目の前には耕したばかりの大地がある。

手にした鍬《くわ》を大地について杖《つえ》代わりにして立ち、涼しい海風に吹かれながら自分が起こした大地をじっと見つめる。

（ちゃんと育てばいいなぁ……）

この国では魚介類を生で食べる文化がない。あっても漁師さんや船員の一部が好んで食べるくらいで王都での需要はほとんどないのだ。

主領地やここの屋敷で雇っている料理人も、王都のレストランにも、前世でおやつにウニが出てくるような海辺で育ったレティシアが望む……いわゆる『船盛《ふなもり》』を出す文化はない。

日本製のゲームなのに、そういう設定は入れ込まなかったようで、十五で記憶を取り戻してから、レティシアはいつかお刺身や寿司《すし》を食べたいとずっと願っていた。

そしてここ、ポートエラルでは朝市に行けば新鮮な魚が手に入る。前世は漁師の娘だったので魚を捌《さば》くのはお手の物。お刺身用の鮮魚が手に入ると知って、俄然《がぜん》、日本食が恋しくなった。

だがこの世界には醤油《しょうゆ》もワサビもない。

ワサビはどうにかそれっぽいものを探し出すとして、醤油や味噌《みそ》は自分でどうにかしなくてはいけない。

図鑑などで調べた限り、幸いにも豆類はだいたい同じだったので、レティシアはまず、苗を手に入れて自分で大豆を育てようと決意したのである。

(千里の道も一歩から……)

なにせこの世界には魔法がある。

力の封印を解いたレティシアも、少しずつ魔法を勉強していて、園芸魔法という分野があることも知っていた。畑を耕す、という行為を肩代わりする魔法はないため、自分で開墾しなければいけないが、長年運動もできなかったので全く苦にならない。

むしろ楽しい、と鍬《くわ》を振るっていた。

(土地は石灰質だから適してると言えるし……あとは堆肥ね)

時間ならいくらでもあり、書物で栽培方法を探しもした。苗を手に入れる前に土地を改良せねば、と今は頑張っている最中だ。

涼しい海風が火照った肌に心地よい。潮風のせいで塩害があるかもしれないが、その辺りは魔法でどうにかできると、しみじみ考えていると誰かが裏の坂を上ってくるのが見えた。

侍女のクラリッサ・エイベルだ。

ゲームには登場しない彼女はレティシアの右腕でとても有能だ。悪役令嬢に「ならない」ために魔力を封印し、万年体調不良のレティシアにずっと付き添ってくれていた。

黒髪をきっちり結い上げ、同じ色のきりっとした瞳を持つクラリッサは、あまり感情を表に出さない。その彼女が今はレティシアの劇的な回復ぶりを心から喜んでいた。

畑を耕す行為も、灯台で一人暮らしをしているのも、「伯爵令嬢にあるまじき振る舞いだ」と小言の一つも言わず好きにさせてくれている。

その彼女が眉間に一本皺を刻んだ様子でレティシアの前にやって来た。手にしていた手紙を差し出す。

「ジョアンナ様からのお手紙です」

「もう？」

妹からの手紙は月に一度、どころか月に三度は来る。レティシアが返事を書く前に次がくることもしょっちゅうだ。なので、三通分、まとめて返信していたりするのだが、今回はその近況報告の手紙が三日前に来たばかりだ。

こんなに早く次が来たことはない。

（なんとなく嫌な予感がする……）

それはクラリッサも同じようで、心持ち緊張した様子でレティシアを見つめていた。

土に汚れた手を払い、赤い封蠟《ふうろう》を外して開ける。

そこには見慣れたジョアンナの筆跡で簡潔に内容が記されていた。

親愛なるお姉さま
この間お手紙を書いたばかりなのに、また出すことになっちゃった。
それもこれも、私の上司のせいなんだけど……。もうすぐ休暇が取れそうなことはお伝えしたと思いますが、その休暇の際にお姉さまがいらっしゃる、ポートエラルに行こうと思います。

本当は静かに、お姉さまと二人で過ごしたいと思ってたんだけど、どうしてもお姉さまにお会いしたいっていう方がいて……。必死に断ったんだけど、私もまだまだ若輩で断り切れず何名かご招待することになってしまいました。

どうか怒らないで！

ご招待した方々は私に任せてください！　お姉さまが静かに療養できるよう最善を尽くします。むしろ誰にも会わずにいてもいいです！　お姉さまと語らうのは私一人で十分！　他の人は関係ない！

そんなわけで、お会いできるのを楽しみにしています。日程に関してはクラリッサに送ったから、お姉さまの手を煩《わずら》わせることなく万事うまくやってくれると思います。

それでは会えるのを楽しみにしてますね。

ジョアンナより

「…………え？」

手紙から顔を上げ、レティシアは隣に立つクラリッサに視線を向ける。

「…………何名いらっしゃるの？」

「ジョアンナ様からのお手紙によれば、五日後に三名のお客様を連れていらっしゃるそうです」

ぐらり、とレティシアの視界が揺れる。体調不良が無くなってから初めての眩暈だ。

「お気を確かに、お嬢様。このクラリッサが万全に事態を整えてお迎えいたします。ジョアンナ様からはくれぐれもお嬢様にご迷惑を掛けないようにと釘《くぎ》を刺されておりますゆえ」

「にしてもこちらの屋敷の主は、今のところ私でしょう？　何も采配しないわけにはいかないわ！」

ぐらぐらする視界を安定させるためにと額に手をあて、レティシアはゆっくりと息を吐き出す。

五日後。

五日後にジョアンナがお客様を連れてやって来る。

（一体誰を連れてくる気？　まさか銀嶺の主要キャラ……なわけはないわよね。夏季休暇だなんて、ヒロインと攻略対象の仲を進展させる絶好のイベントだもの）

ならばきっと、クラリッサのようにゲーム本編に出てこないモブキャラがくるのだろう。

それでも、ジョアンナが断れなかった来客だ。粗相がないようにしなくては。

「どなたがいらっしゃるのかは書かれてないの？」

急激に上がった心拍数を宥《なだ》め、レティシアは数度深呼吸をするとクラリッサに尋ねる。彼女は首を振った。

「招待客、としか。ですが、銀嶺には貴族の方が大勢いらっしゃいますし、何よりジョアンナ様とお付き合いのある方々です。たとえ平民の方であろうと、お二人の名誉を穢《けが》すような真似《まね》は致しません。万事、最上級のおもてなしを手配させていただきます」

すっと背筋を伸ばして告げるクラリッサが頼もしく見え、レティシアはやっと安心した。

そうだ。自分は悪役令嬢ルートの回避に成功したのだ。何せゲームに参加すらしていない。ここでスローライフを楽しむことに何ら変わりはない。

「ありがとう、クラリッサ。でもそうね……ジョアンナの……言ってみればお友達とか同僚、先輩がお見えになるのよね？　なら私もやっぱり何かでおもてなししないと」

顎に手を当てて考え込む。

大地に蔓延《はびこ》る異形のモノと戦い、平和な国を作った偉大なる英雄王。

彼を護《まも》り、支えたのは魔術師と呼ばれる人達だった。

普通の人でも少量は奇跡を起こす力……魔力を持っている。それを人より大量に持ち、自在に発動できる彼らは戦闘で大いなる功績を残した。そんな魔術師たちに位と土地を与えたことが、この国の貴族の始まりだった。

つまり、魔術師を祖先に持つ者が大半ということになる。

領民を護り、国を護り、平和を護る任を帯びている一族……それが現・貴族階級の人間だ。

当然、魔力、もしくは武力に優れていなくてはならない。

社交界でも魔力の有無によって優劣が決まる所があり、魔力を封印したレティシアは十六の時に社交界デビューをする令嬢達に混じって登城を果たしたが、友人はできなかった。

両親は、病弱なレティシアを護ってくれるような夫候補が見つかれば……と思ったのだろうが、レティシアは極力人を避けた。謁見後の王城のパーティすらも欠席する徹底ぶりだ。

具合が悪かったのはもちろんだが、自分の存在を四年後に幕を開ける『ＣＲＹＳＴＡＬ　ＣＲＩＭＥ』の主要キャラ達に認識されるわけにはいかなかったのだ。

以降、レティシアは『貴族に友達も知り合いもいない』という状況を貫《つらぬ》いた。

対してジョアンナは、社交界にデビューした後も色々なパーティや舞踏会に伯爵令嬢としてそれなりに参加していた。

だが家にいる姉が気がかりですぐに帰ってきてしまう。

(自分の体調不良にばかり気がいって、ジョアンナの交友関係まで把握してないけど……)

親しい友達はいなかったと思う。

それが、断り切れなかったとはいえ、誰かを屋敷に連れてくるなんて。

妹の成長に胸を熱くするレティシアは、できる限り彼らをもてなしたいとそう思う。

だが妹たちがくるのなら、魔力が復活している姿を見せるわけにはいかない。万が一にも『魔力がある』と判定されて銀嶺への招集が来てしまっては意味がないのだ。

こっそりと……彼らと顔を合わせることなく、陰からもてなすいい案はないだろうか。

「……そうね。料理長の手を借りて何か……この地方の魚介料理をお出しするのはどうかしら？　私の手作りで」

「え⁉」

その案にクラリッサが目を見開く。それにレティシアはにんまりと笑って見せた。

「こう見えても私、料理の才能があるのよ？」

伯爵令嬢の中では、だろうが。

カレイの煮つけなんかは調味料の関係で無理だろうから、できそうな範囲で考える。

(鯛《たい》のアクアパッツァに似たような料理が街のレストランにあった気がする……)

それなら簡単だし豪華に見える。この辺りの郷土料理っぽかったし丁度いい。

「うん。あと五日の間に練習して晩餐《ばんさん》に出せるようにするわ」

「お嬢様自ら調理などされなくても」

「いいの！　私今、すっごく体調も良くて自由な気分なの。だから色々やってみたいわ」

それに、姉が万事うまく生活していることをジョアンナにも知ってほしい。

「よぉし。明日から練習するわ。その他の献立も考えないといけないし……忙しいわね」

地面に置いていた鍬を取り上げ、レティシアは張り切って歩き出した。

（自分で何でも好きなようにできるのも楽しいけど……突発的に困りごとが起きるのも案外悪くないわね）

それでこそ人生！　第二の生活！

新たな刺激にわくわくしながら、レティシアはクラリッサを引き連れて来客準備のために久しぶりに屋敷へと戻った。

これから先、トンデモナイことが起きるなど全く想像することもなく……——。

◆◇◆

何度か試行錯誤を重ね、レティシアのアクアパッツァは街のレストランに出しても問題ないレベルに達した。手を貸してくれた料理番頭《りょうりばんがしら》がレティシアが危なげなく鯛《たい》を捌《さば》くのを見て驚いていて、ちょっとだけ自信がつく。

試食担当のクラリッサは三日間同じ料理を食べさせられたのだが、全く苦にならないようで食べ終わったあと必ず褒めてくれた。そのためレティシアは世界一の料理人になったような気さえしたのだ。

「さぁ、今日も新鮮な食材をゲットしていくわよ！」

港町の朝は早い。

伯爵家の馬車を街の入り口に止めて、バスケットを手にしたレティシアは使用人のような簡素なドレスを着て石畳を港に向けて歩いて行く。

夜が明けて一時間くらいだというのに、白い壁に青い屋根の建物が並ぶ街には、もうすでに人が溢れている。円形の広場には屋台が沢山並び、魚介はもちろん、新鮮な野菜や果物もたくさん並んでいた。

「お？　お嬢さん、今日も鯛かい？」

ここ三日で顔なじみになった漁師のおじさんが店先で声をかけてくれる。それにレティシアは笑顔で応えた。

「鯛は明後日必要だから買いに来るわ。大きいの獲《と》ってきてよね」

にこにこ笑って告げれば「まかせとけ」と胸を叩いて保証してくれる。

「で、今日はどうするんだい？」

「そうね……」

お刺身が食べたいが、まだまだ前途は多難だ。

「今日はアジなんかどうだい？　大漁だったよ」

店先に無造作に積まれている。その隣の水を張った木桶《きおけ》にはいくつか貝も入っていた。

（アジ……叩き……なめろう……）

なめろうくらいならいいんじゃないだろうか。いや、早朝とはいえやっぱり鮮度は気になるか……

でもアジのなめろうハンバーグってなかったっけ？

うん、食べたい。フライにしてもいい。

「それ貰《もら》おうかな。あとこっちの貝は」

「牡蠣《かき》だね」

「それもください！」

ぐっと拳《こぶし》を握り締めて告げる。

（生牡蠣《なまがき》……レモン……！）

うふふ、と心の奥で懐かしい味を思い出して笑顔になっていると少し目を見張ったおじさんが破顔した。

「お嬢さん、本当に魚介好きなんだねぇ。なんなら生の魚もいけるんじゃないかい？」

笑いながら包みを渡され、レティシアは思わず身体を前に乗り出す。

「生食できるお魚が⁉」

「お嬢様」

そんなレティシアの伯爵令嬢とは思えない行動を止めるべく、後ろに控えていたキッチンメイドのヘレンがレティシアの袖を引っ張った。

「ミス・エイベルからくれぐれもお嬢様をよろしくと言われておりますゆえ……あの……」

しどろもどろで告げる、柔らかくウエーブした栗色《くりいろ》の髪に、少し垂れ目のヘレンに泣きそうな表情で言われてレティシアはぐっと堪えた。

そうだ。ここであんまり目立つような振る舞いをしてはいけない。

「き、機会がありましたら是非食べてみたいですわ」

おほほほほ、といくらか品のありそうな笑顔を見せて、レティシアは後ろ髪引かれる思いで魚屋を後にする。

「……お嬢様は生でお魚を食べてみたいと思われているのですか？」

がっくりと肩を落として歩いていると、レティシアから荷物を受け取ったヘレンが控えめに尋ねた。

「ええまあ……せっかく王都とは違う場所にいるのだから色々試してみたいじゃない？」

郷土料理とか、その土地にしかないものを見てみたい。

顎を上げ、まだ日が昇り切らず涼しい朝の風を頬《ほお》に受けながら、レティシアは目を細めた。

前世の記憶と重なる、朝の港町。通学する際に自転車でよく通った海沿いの道を思い出し、何とも言えない……郷愁にも似た思いに浸っていると、後ろを歩くヘレンがぽつりと零《こぼ》した。

「私の地元でも生のお魚を出す店がありましたよ」

「本当⁉」

勢いよく振り返れば、彼女が驚いたように半歩後退《あとずさ》る。

「は……はい……」

引《ひ》き攣《つ》った顔で答える彼女に、更に更に詰め寄る。

「どこなの？　あなたの地元。是非行ってみたいんだけど⁉」

「え？　あ、あの……えっと……」

その時。

ふわり、とやや冷たく……深く深呼吸をしたくなるような、草原にも似た香りがして、レティシアははっと顔を上げた。甘く花の香りが後から漂ってくる。

視線を彷徨《さまよ》わせれば、大量の切り花を乗せた荷車が少し離れた場所を通り過ぎていくところで、あの香か、とレティシアは肩から力を抜いた。

でも何故か……心の奥がいまだにざわめいている。鏡のような水面にぽんと小石を投げ込まれたような……そんな波紋が胸の内を揺蕩《たゆた》っている。

ガラガラと車輪の音を立てて去っていく荷車をぼうっと見送り、それからレティシアはおもむろに周囲を確認した。

楽し気な屋台の呼び込みと、客たちの値切り合戦が響き、買い物をした人たちでにぎわう市が広がっている。多くの人が行きかい、漁師や船舶関係の仕事をしてる人、地元の人に船乗り、旅人……。

特に怪しげな人や不穏なものなどないのだが……急に心臓がどきどきしてきて、レティシアはくるりと踵《きびす》を返した。

「用事は済んだし、帰りましょうか」

主と同じように不安そうに周囲を見渡していたヘレンもはっと身体を強張《こわば》らせる。

「はい。戻りましょう……」

歩き出すレティシアに付き従ってヘレンも歩き出す。賑《にぎ》わう港町を後にし、入り口に待たせていた馬車に乗り込む頃には違和感についてすっかり忘れていた。

二人を乗せた馬車は坂道をゆっくり上り、屋敷を目指して進んでいく。やがて道が二つに分かれ、分岐でレティシアは馬車を止めた。

「私はこれから灯台に行くから。ヘレンは買った物を屋敷に運んで頂戴」

ヘレンが膝に抱え込んでいたバスケットから牡蠣の包みを取り上げると、おもむろに扉を開けて外に出る。右側の道を登っていけば岬の灯台だ。

「お嬢様は馬車をお使いください。私は歩いて帰りますから」

慌てて降りようとするメイドを押《お》し留《とど》め、レティシアは笑顔を見せた。

「大丈夫よ。健康のために歩きたいの。他にも買った物があるし、早く運んで頂戴。少ししたら私も屋敷に戻るから……アジを使った料理を試しましょう」

にこにこ笑って告げれば、しぶしぶヘレンはベンチに収まった。前に回って御者にも釘を刺しておく。

「私がヘレンに乗って帰るように命じたんだから、変な噂《うわさ》にならないようにしてね」

「かしこまりました」

そのまま走り去る馬車を見送り、レティシアはふうっと溜息を吐いた。来客まであと二日、時間がある。自由に動き回れる間に色々楽しんでおかなくては。

そうと決まればまずは牡蠣だ。

軽い足取りで坂を上り切り、灯台小屋のキッチンへと向かう。早速一つ、レモンと塩で食べると美味《おい》しさと懐かしさで思わずテーブルに突っ伏してしまった。

流石《さすが》漁師のおじさんのおすすめだ。ヘレンやクラリッサに悪いなと思いながらもう二つ食べたところで、レティシアの視線は自然と小屋の二階に向かった。

二階には寝室があり、人に見られるとまずいものが保管されている。

（ぎりぎりでいい気もするけど……）

それでも多少は不調に慣れておかないと駄目かなと考えながら、レティシアはゆっくりと立ち上がった。

寝室に置いてある鏡台に、それはある。

象嵌《ぞうがん》細工のジュエリーボックスの前に立ち、レティシアは中央にはめられている宝石に人差し指を押し当てた。前世でよくみる指紋認証みたいなものだ。

かちりと音がして鍵が外れ、彼女は蓋《ふた》を開けた。中には十五の時に作り、五年間慣れ親しんだ『封印道具』が鎮座していた。

濃い藍色のヴェルヴェットの端に、金糸のレース飾りがついたそれは、元はチョーカーだった。スカラップ状になったその先端に小さな宝石が付いた凝ったもので、レティシアのお気に入りだった。

その中央に封印用の魔石を付け、魔法を使おうにも放出できない装身具を作ったのだ。

このおかげでレティシアは魔法が使えなくなり、加えて常に多すぎる魔力が体内を巡り続けたため、副作用でめまいや吐き気、頭痛、倦怠感等が引き起こされた。

体調不良と魔力消失。

以上のことから魔力の消えた原因は病だと周囲が勘違いしたのだ。

封印用の宝石は、魔導書を参考に、自分の髪を切って燃やし、その灰を再形成させて作り上げた。

漆黒の夜のような宝石を覗《のぞ》き込《こ》めば、夜空に輝く星のように輝く色とりどりの光を見ることができる。

前世で見た、宇宙の写真のようなそれ。

持ち上げただけでかすかな眩暈を覚え、早速の懐かしい感触に苦笑する。でも妹の友人をつつがなくおもてなしするためにも仕方ない。

少しずつ慣らすためにも、とレティシアは封印装具を身に着け、大きく深呼吸をした。

(よし……これで……どれくらい動けるか再度確認)

着けただけではまだ魔力は滞らない。あと三十分後くらいに効果が出るだろう。

それを確かめた後、屋敷に戻ってアジをなめろうにしてみようかと考えながら階下に降り、片づけをしている最中に誰かが訪ねてきた。

時折、この灯台の中を見せてほしいと人がくることがある。今は最新式の魔法石を安置した灯台が沖合にあり、蠟燭《ろうそく》を光源とするこれは骨董品《こっとうひん》のようなものだが、どうもファンがいるようだ。

異世界だろうがなんだろうが、そういう文化は一緒なんだよな、と考えながら、レティシアはいつものように扉を開けた。

「はい、いらっしゃいませ。見学でしょうか?」

街の人達はお屋敷に住む伯爵令嬢の姿を見たことはない。市場に買い物に行く際は侍女のような格好《かっこう》をしているし、灯台に住む管理人が自分たちの領主の娘だと想像もしていないようだ。

それくらい、レティシアは砕けた雰囲気を醸し出していたし、身なりも華美ではない。

今も「自分は使用人」くらいのテンションで、目の前の客人に話しかけたのだが、夏の日差しの下、眩《まぶ》しい白いシャツに身を包んだ人物を見て語彙力が消失した。

それはまるで……青い空と緑の丘を背景にした一枚絵のような、綺麗な立ち姿だった。

片腕に上着を抱え、まくられた白いシャツからは健康的で引き締まった腕が覗《のぞ》いている。ウェストコートは身体にぴったりフィットして細い腰が強調されているようでどきりとする。

そして何より。

漆黒《しっこく》を集めたような黒髪と、好奇心と警戒心の混じった金緑の瞳。笑みをたたえた端正な顔立ちはまさしく。

(ロ……ロ……)

「……そうか、この灯台は見学も受け付けているのか」

甘い声が耳を打ち、電撃がレティシアの身体を貫く。

それは前世でよく聞いた……最推しの声とそっくり同じで。

(ロ、ロ、ロ……)

「ではあなたが……ここの管理人?」

(ロジックス・スタンフォード!)

心の中で悲鳴のような大絶叫を上げ、レティシアは着けたままの封印道具のせいではない眩暈《めまい》に身体がぐらりと傾《かし》ぐような気がした。

「君⁉」

慌てた紳士の声が聞こえるが、レティシアは両足を踏ん張り、戸枠にしっかりと掴《つか》まった。未だ心臓がばくばくいっているが、それよりなにより自分に衝撃を与えた人物を再度確認するように視線を上げる。

さらりと額《ひたい》を過《よぎ》る黒髪。その下で煌《きら》めく金緑の瞳。すらりとした体型とどこか色気の漂う表情。伏せた瞼《まぶた》を彩る睫毛《まつげ》まで見えるようで、レティシアは再び意識が遠のく気がした。

（な、なな、なんで彼がここに⁉　だって彼は……⁉）

サマースウェイト公爵、ロジックス・スタンフォード。

彼こそが、レティシアが一番に警戒しなければならない相手なのだ。

王太子の親友で幼馴染《おさななじ》みの彼は、『ＣＲＹＳＴＡＬ　ＣＲＩＭＥ』の攻略対象のなかで一番人気のキャラクターだ。

軟派なイメージは全くないのに、なぜか赤いドレスを着た美女を従えていそうな空気を持っている。仕草がいちいちスマートで、貴族社会を歩く猛獣のような雰囲気の彼だが、名だたる美女には目もくれず、ゲーム中、平民でヒロインのアイリスと恋に落ちる。

優秀だがどうしても己の出自を気にしてしまうアイリスに、王家ともつながりのある公爵は、彼女の実力を見て取り立て、背景に有力な血筋がなく悔しい思いをする彼女に、わたしが君を護ろうと堂々と告げるのだ。

切れ者と謳《うた》われる頭脳とトップクラス以上の剣術、魔術で身分の差をねじ伏せ、アイリスをかっさらっていく彼は確かに……乙女ゲーのヒーローだ。

レティシア自身、転生前は推しだったし。

だが最推しキャラだった彼は悪役令嬢であるレティシアを断罪するヒーローの一人で、且つ、レティシアを殺害する唯一の存在だ。

悪役令嬢レティシアは、ロジックスのお気に入りがアイリスだと見抜いた瞬間から彼女への嫌がらせを始め、最終的には結婚できない身体にしてやると彼女を攫《さら》って娼館に売り飛ばそうとするのだ。

そこに現れたロジックスがレティシアのこれまでの数々の悪事を暴露し、ついでにその場で首と胴がおさらばしていたような……気もする。

他の攻略対象との恋愛ルートでもレティシアはアイリスの邪魔をするがそこまで悲惨なエンドはない。彼のルートだけ過激なのは恐らく……レティシアのキャラ設定にロジックスが一番好きだというのがあるからだろう。

執着度合いも他の攻略対象キャラの時とは全く違うし。

とにかく、現・レティシアにとってロジックスは絶対に顔を合わせてはいけない存在なのだ。

その彼がどうしてここにいるのか。

「大丈夫かな?」

心配そうな声がして、はっとレティシアは我に返った。

恐る恐る向けた視線の先で、かすかに眉間に皺《しわ》を寄せた紳士がこちらを見ている。

（う……ッ）

顔がいいのも声がいいのも知っているが、平民に見える服装のレティシアにこんなに心配そうな顔をしてくれるなんて……！

（心が広いのか……紳士の鑑《かがみ》でしかないっ）

上がる心拍数を必死になだめながら、レティシアは笑顔を見せた。今のレティシアは悪役令嬢ではない。なにせその運命は回避したのだ。

どうして彼と遭遇しているのかわからないが、ここは銀嶺ではないし自分はただのモブだ。

（大丈夫……上手《うま》くかわせば問題ない）

ゆっくりと戸枠から手を離し、レティシアは笑顔を見せた。

「失礼いたしました、公爵閣下《ユアグレイス》。わたくしはこの灯台の管理を任されているもので、見学にいらっしゃるお客様をご案内しております」

にこにこと無害な笑顔を見せていると、かすかにロジックスの眉が上がる。

「何故わたしが公爵だと？」

すっと金緑の瞳が冷たい光を放つ。その瞬間、レティシアは己の舌を噛《か》みたくなった。

（そうだわ！　彼の様子だけで爵位を言い当てるのは無理があった……！）

田舎の地方の平民が、サマースウェイト公爵を知っているはずがない。

さあ、どうする⁉

「わ、私は伯爵家でも働いておりまして……銀嶺に参加なさっているジョアンナお嬢様からよく手紙が参ります。屋敷に滞在中のレティシアお嬢様はお手紙の内容を話してくださいますので……それで……お姿のご様子から……そうかなと」

「わたしのことが書かれていると？」

首を傾げるロジックスの顔が怪訝《けげん》そうに歪《ゆが》む。

（全く書かれてませんッ）

だらだらと冷や汗を掻《か》きながら、ここで自分がその伯爵令嬢だとバレるわけにはいかないと押し切る。

「はい」

「……ふうん」

腕を組み、顎に手を当てて考え込むロジックスに、レティシアは無理やり話題を変えようと表に出た。

「それで公爵様、灯台をご覧になられますか？」

何故ここに居るのかは後で調べればいい。とにかく今は彼の目的を達成させて穏便に帰ってもらうことだ。

「そうだな……君は結婚しているのかな？」

「え？」

振り返れば、公爵が首を倒してしげしげと灯台を見上げていた。

「灯台守がうら若い女性とは意外だと思ってね」

「こちらは今、稼働してないんです。最新式のものが沖合に建設されていまして、灯台守はそちらに詰めております」

すまして答えれば、公爵の金緑の視線がこちらに向く。興味深そうにきらきら輝いているそれに、レティシアは思わず視線を逸《そ》らした。

何もかも見透かされているような気がするが……堪えるしかない。

「ではそちらをご主人が？」

（なんでそんなことを気にするのよ……夫がいないとおかしい話かしら）

でも確かにそうかもしれない。海の安全を守る仕事に男女差があるのはおかしいというのは前世での話だ。この世界ではまだまだ男性の方が重要な仕事を担うことが多い。

この灯台の管理を任されているのは灯台守の妻だから、というのは一番しっくりくる説明だろう。

「そうなりますね」

ぎこちなく答えれば、「ふうん」とまた何とも言いがたい返事を得る。

妙な雰囲気を感じながら、レティシアは灯台の入り口を目指して歩いて行く。

「こちらからどうぞ。案内は必要ですか？」

振り返って笑顔で尋ねれば、首を傾げるようにして考え込んでいた公爵がふっと笑う。どこか……獰猛《どうもう》な猛獣を思わせるような、背筋に電流が走るような笑顔で、レティシアは身体が凍る気がした。

「……いや、今日はいい」

「そ……そうですか」

では彼は一体何をしに来たのだろうか。

訝《いぶか》しむように見つめていると、一歩前に出た公爵がゆっくりと手を伸ばすとレティシアの手を取った。

「⁉」

ぎょっとする彼女の前で男はしげしげとレティシアの手を見つめる。

「……指輪は？」

「…………はい？」

「結婚指輪」

（あるわけないでしょ、そんなもの！）

悲鳴のような突っ込みを心の内で行いながらも、笑顔のまま必死に告げる。

「さ、先ほどまで洗い物をしていたので外したままなんです」

すると、彼はゆっくりと持ち上げた彼女の手の、薬指の付け根をするりと撫《な》でた。

「本当に？」

物凄《ものすご》く嫌な言い方だ。それこそ……誘導尋問されているような。それでも跳ね上がる鼓動を抑えて、レティシアは何もおかしなところなどないと背筋を正す。

「はい」

途端、男の瞳がすっと収縮した。

「……嘘《うそ》はいけないな、レディ・レティシア」

正確に名前を言い当てられ、レティシアは思わず身を引く。それを許さないとでもいうように、ロジックスがぐっと手に力を入れ逆に彼女を引き寄せた。興味深そうにこちらを見下ろす瞳が目の前にある。

「う、嘘など申してません。それに私の名前は」

いうより早く、ロジックスが掴んだ手を持ち上げ、レティシアの目の前でゆっくりと薬指をなぞって見せた。

「ここに、指輪の痕が無い」

「⁉」

前世でも現世でも指輪をずっとつけっぱなしにしていたことなどない。それを指摘されて、レティシアは奥歯を噛《か》み締《し》めた。やっぱり彼の誘導尋問だったのだ。

(……銀嶺ではやり手のキャラだったものね)

焦りの中にも妙な感心を覚えながら、レティシアは次の手を考える。

だがもう無理な気もした。

ここまで彼に興味を示されてすっとぼけたところで、居場所は把握されている。このまま痛くもない腹を探られる続けるのはごめんこうむりたい。

(それに私はもう悪役令嬢じゃない)

物語に参加すらしていないのだ。なら何を恐れることがある。

もしかしたら彼はもうすでにヒロインと結ばれた後かもしれないし。

(……時期的にそれはないかもしれないけど……)

大丈夫大丈夫、と胸の内で唱えながら、レティシアは大きく息を吸い込むと真正面からかつての推しを見上げた。

「……閣下の慧眼《けいがん》、恐れ入りました」

慎重に告げれば、彼はにっこりと……本当に楽しそうに笑った。

「いいえ。こちらこそお初にお目にかかります、レディ・レティシア」

(なんでバレたんだろ)

ふと、どこかで感じた香りが身体を包み込み、レティシアは目を瞬く。この香り、どこで……と思考に沈みそうになっていると、手を持ち上げたロジックスが、件《くだん》の薬指に唇を押し付けた。

驚くレティシアを他所に、こちらを見つめる彼は誰もが見惚《みと》れそうな笑顔のまま続けた。

「わたしはロジックス・スタンフォード。……サマースウェイト公爵です」

第二章　ままならない回避

「お姉さま、ただいま戻りました！」

弾むような声を上げ、車寄せに停まった馬車から飛び降りたジョアンナが玄関ポーチで待つレティシアに駆け寄ってくる。

両手を広げて抱き着く彼女の、柔らかな髪を撫でながらレティシアはふうっと溜息を吐いた。

「おかえり、ジョアンナ」

ひとしきりぎゅうぎゅう抱き着いた後、名残惜しそうに身体を離した妹は少し下からじっとレティシアの顔を覗き込む。

「……お姉さま、ちょっと元気そう」

レティシアが魔力を失くし寝込むことが多くなってから、ジョアンナはだいぶ姉に過保護になった。

前世の記憶を取り戻すきっかけとなった花火の事故で、ジョアンナの目の前でレティシアは倒れた。真っ青な顔で力なく抱きかかえられて運ばれるレティシアの姿が彼女のトラウマになったようだ。

以来、姉の看病はジョアンナの日課になった。

今も、レティシアが心配で、あちこちぺたぺた触る始末だ。

「ちょっとふっくらなさった？　食べ物と気候があってるのかしら。私もね、王都で色々お姉さまの体調が良くなるような医療とか薬とか沢山調べていて、最新の治療法とかも……」

「待って待って、ストップ、ジョアンナ」

興奮気味に話し出す妹に苦笑しながら、レティシアはぽんぽんと肩を叩く。はっと口を閉じる妹を横目に、レティシアはゆっくりと視線を上げた。

ジョアンナが乗ってきた伯爵家の馬車に続いて、到着した馬車から次々と人が降りてくる。

その様子に、きりきりと胃が痛くなってくる。

（あああ……どうしてこんなことに……！）

姉の視線に気付いたのか、ぱっと顔を輝かせたジョアンナが、歩いてくる一人の少女の元に駆け寄ると腕を取って引っ張った。

「お姉さま、ご紹介しますわ！　親友のアイリスです！」

ふわりと風に揺れる桜色の髪と、緊張に頬を染めた可愛らしい顔立ち。その中心できらきらと輝く紫の瞳。

「はじめまして、マイレディ。アイリス・カルデュラです」

クリーム色をベースに髪と同じ桜色の差し色が入ったドレスの両裾を持ってお辞儀をする少女に、レティシアは卒倒しそうになった。

この可愛らしい姿は紛《まぎ》れもなく、『ＣＲＹＳＴＡＬ　ＣＲＩＭＥ』の主人公のアイリスだ。

（なんで私のスローライフ生活に主人公ちゃんがやって来るの⁉）

喉元まで出かかる悲鳴を堪え、レティシアはややぎこちない笑顔で鷹揚《おうよう》に頷《うなず》いて見せた。

「はじめまして。ジョアンナの姉のレティシアです」

にっこりと微笑《ほほえ》んで見せる。その瞬間、かすかにアイリスの瞳に影が差すような気がして、レティシアはどきりとした。ほんのちょっと……空気が冷えたように感じたのだ。

（な……なに？）

まさか私が元・悪役令嬢だってバレた？

でもその可能性はない。レティシアは今現在、悪役令嬢としてアイリスに不適切な態度を取ったことなどひとつもないのだ。

「銀嶺での妹はどうですか？　ご迷惑をおかけしていないといいのですが」

必死に笑顔を保ち、そう尋ねれば、かすかに目を見張ったアイリスがくすっと思い出したように笑うとすいっとその身体をわきに寄せた。

「それに関しては、我々の上司からお聞きになるのが良いかと」

（……来た）

レティシアはアイリスの後ろから前に出て、歩いて来る二人の存在に全身から嫌な汗が噴き出すのを覚える。

「レディ・ジョアンナ。是非、我々もあなたが絶賛する姉君にご紹介してほしいのだが」

先に口を開いたのは、白金色の髪《プラチナブロンド》の、ロジックスに負けないくらいの美男子だ。

「お姉さま、彼はマルト子爵、ハイン・トライヤー様ですわ」

「はじめまして、マイレディ」

さらりとした前髪の下、青い瞳が悪戯《いたずら》っぽく輝く。優雅な仕草でレティシアの手を取り、口付ける真似をするこの男の、所作がいちいち美しいのは――……。

（さすが王太子殿下ね）

マルト子爵は家族はなく、悠々自適、自由に振舞う紳士としてゲーム内では説明されていた。

だがこれは彼の偽りの名で、本名はハロルド・ルーク・エルクレシア。

そう……この作品の舞台で、レティシアが暮らすエルクレシア王国の王太子なのだ。

名前を変えて『銀嶺』に参加するなんて何を考えているのだと、国王陛下から幾度も叱られているが全く意に介することもなく、ロジックスと共に行動することが多い。

人を食ったような性格だが、アイリスの純真さに触れてじわじわと素の自分が出てきて、そのギャップにやられる乙女が続出。ロジックスと並んで彼女たちの人気を二分するキャラクターでもある。

（まさか攻略対象の二人目まで現れるなんて……）

じわじわとお腹《なか》の奥底から恐怖がにじみ出てくる。その苦さを飲み込み、レティシアはなるべく丁寧に……ゲーム内のレティシアのような高慢で我儘《わがまま》な雰囲気など微塵《みじん》も滲《にじ》まないように、最大限の注意を払って答えた。

「お初にお目にかかります、マイロード」

手を取られたままだが、目を伏せ膝を折って軽く会釈する。

（私はモブ令嬢……悪役にはなりえない！……何の関係もない、ゲームにすら出てこない伯爵令嬢ですッ）

必死に心の内で唱えながら完璧な作法の後笑みを見せれば、かすかに彼の青い瞳が大きくなった。

「これは……レディ・ジョアンナからお話を聞いておりましたが……お元気そうで何よりです」

「……田舎の空気がわたくしには合っていたようですわ」

(何を話してるのよ、ジョアンナあああああ)

今のところ、封印装具は立派に作用している。慣れ親しんだ頭痛が起きているが、寝込むほどではない。

それでも彼らが滞在しているうちは体調不良を理由に部屋に籠《こも》ろうと誓っていた。

何故なら。

「ハイン。その手を離せ。レディ・レティシアが困ってるだろう?」

低い声に混じるかすかな苛立《いらだ》ち。それを感じ取って、レティシアの身体が震えた。

「ん? あ、そうですね。申し訳ない」

屈託なく笑って手を離すお忍び中の王太子殿下を押しのけて、彼の幼馴染みでお目付け役でもある
(とゲームの説明に載っていた)男性が一歩前に進み出た。

(きいいいいいいたあああああああ)

「初めまして、マイレディ。サマースウェイト公爵、ロジックス・スタンフォードです」

昨日と寸分変わらぬ挨拶をされ、目の前で持ち上げられた手の甲に唇を押し当てられて、レティシアは今度こそ眩暈がした。

一瞬で二日前の出来事が脳裏に鮮やかに蘇った。

◆◇◆

「やはり、あなたがレディ・レティシアでしたね」

にこにこ笑って告げる姿に、悪意は見て取れない。それでもどうしてわかったのか、という疑問が残る。

それに。

「……あの、閣下は何故こちらに？」

サマースウェイトの領地はあちこちにあるが、この付近にはなかったはずだ。彼がひとり、このポートエラルに居るのはかなり異質だろう。

（ゲームの中でそんなイベントあったかしら……）

推しだったロジックスのイベントは全てクリアしたはずだが、と脳内で考えていると、ゆっくりと姿勢を正した彼が心地よく吹く風に顔を向け、灯台の先に見える高い水平線に目を細めた。

「たまには息抜きも必要だと考えていたところに、レディ・ジョアンナが海が綺麗な領地に休暇中は戻るつもりだと言うのを聞きまして。なら是非伺いたいなと」

（ジョアンナ〜）

心の中で頭を抱える。そんな素振りを見せずに、レティシアは「まぁ」というように唇に手を当てて見せた。

「ではジョアンナが御招待した方々というのは……閣下や他の皆さまですか？」

探りを入れるように尋ねれば、「ええ」と視線をこちらに向けたロジックスが苦笑する。

「本来なら彼らと行動を共にするべきだったのですが……わたしはこちらに来る用事も少々あって、先にやって来たんです」

（ああ……銀嶺の任務とかかな？）

組織の下部にいるジョアンナやアイリスとは違い、上官であるロジックス達にはそれぞれの極秘任務がある。その関係でここに来ているのだとしたら……まあ、納得はできた。

「わたしが先にこの地に来ていたことは他のメンバーには内緒にしておいてください。休暇中に仕事をしていたとなると、部下に示しがつかないので」

この世界でも労働基準法とかあって、積極的に休みを取らないと怒られるのだろうか。

（……まぁ、あってもおかしくないか）

そこではっと思いつく。

この地に来たのが極秘任務でジョアンナにも内緒だというのなら、それは取引材料になるではないか。

「わかりました。その条件を呑《の》む代わりに、ここで私が生活していることは妹には内緒にしてください」

ぐっと両手を握り締めて訴えれば、かすかに目を見張ったあと、ロジックスがふっと悪戯っぽい笑みを浮かべた。

「あなたは何故ここで灯台守の妻のふりを？」

その質問に、レティシアは言葉に詰まる。快適な屋敷を捨てて、何故こんな場所で療養しているのか？　ということだろう。

「……体調を崩してからずっと、私は誰かから支えられて生きていくばかりでした。でもこの地に来て、気候風土が身体に合っていたのか少しずつ回復してきたのです。それで……元気になったからには、今度はなんでも一人でやってみたくなりまして」

これはレティシアとしては素直に本音を語ったものだ。

自分一人で何ができるのか……悪役令嬢を回避した今、ここはやりたいことを見つけるのにうってつけだったというわけだ。

そう告げるレティシアを真正面から見つめ、ロジックスがふっと小さく笑う。

「何でも一人で、ということは掃除洗濯、その他もですか？」

悪戯っぽい口調に、レティシアは思わず苦い顔をする。

「確かに今は料理と畑仕事くらいですが、でもゆくゆくは……」

「畑仕事？」

驚いたようにロジックスが声を上げ、レティシアは「しまった」と唇を噛む。伯爵令嬢が畑仕事、だなんて掃除洗濯以上にオカシナ話だろう。

だがここで規格外の令嬢だと幻滅されれば、今後有利かもしれない、と考え直す。

なので、レティシアはすまして告げた。

「私はどうしても育ててみたい作物がありますの」

「……美しい花々ではなく？」

「はい。海の向こうで栽培されているマメ科の植物である大豆をどうしても作ってみたいのです」

ぐっと拳を握り締めて訴えれば、数度瞬《まばた》きした後ロジックスが破顔した。

（あ……あれ？）

彼はおかしそうに笑っている。

「ダイズ、ですか。それが一体どんなものかわかりませんが……豆を育てたいとは」

「そ、そんなに笑わなくても」

段々腹が立ってきて、唇を尖《とが》らせて訴えると、その様子に気付いたロジックスが笑みを押し殺しながら非礼を詫《わ》びる。

「そうですね、申し訳ない」

それからすっと顔を近寄せ、レティシアが離れる前に耳元で甘く囁《ささや》く。

「……確かに、こんな不思議なご令嬢はここに閉じ込めておいて、秘密にしたい」

物騒な物言いだ。

思わず眉間に皺を寄せると、彼が目を奪うような笑みを浮かべた。

「……つまりこれは、我々、二人だけの秘密ということでよろしいですか？」

「ち……」

反射的に否定しかけ、ぐっと思いとどまる。額が触れそうな位置で意味深に微笑むロジックスからどうにかこうにか視線を逸らし一歩下がると、レティシアは身を護るように腕を組んだ。

「そういうことになりますね」

なんだか妙な興味を持たれた気がするが、できれば彼とは関わりたくない、というのがレティシアの変わらぬ思いだ。

なにせ彼は前世での推しであると同時に、レティシアを破滅に追いやる張本人なのだ。

レティシアは悪役令嬢でもなければゲームの登場キャラでもない。銀嶺に参加すらしていない、モブである。だがもしも万が一……何かのきっかけでロジックスに「邪魔な存在」だと認識されたらまずい。

(ジョアンナの招待客にロジックスがいるなんて想定外だったわ……でも、今なら軌道修正できる)

ぐっと顎を上げ、レティシアはにっこりと笑顔を見せる。

「今日の二人の出会いはなかったことにいたしましょう。私と閣下は出会ってもいない、赤の他人ということで」

にこにこにこにこ。

決してぶれない笑みを浮かべたままそう告げれば、じっと金緑の瞳が探るようにレティシアの瞳を覗き込む。ぞわぞわと首筋から背中へと妙な痺《しび》れが走るのを必死でこらえていると、ゆっくりと手を伸ばしたロジックスがそっとレティシアの手を取った。

「では、幻となる我々の出会いをもう少し親密にしても?」

トンデモナイ提案をされる。

「それは……!」

「なかったことになるのだから、少しくらいはいいでしょう」

すまして告げると、ロジックスはさっさとレティシアの手を取って腕に絡め、ゆっくりと歩き出した。

このまま街にでも繰り出されたら問題が、と焦っていると、彼は灯台の横を回り、目の前に広がる海へと視線を向けた。

「ここはいい所ですね。行き交う船や港の様子が手に取るようだ」

水平線を眺めるロジックスが低く呟《つぶや》き、夏の海風に黒い髪がそよぐ。その様子を目に収めたレティシアは、彼の寛《くつろ》いだ表情に目を奪われた。どきりと心臓が高鳴り、慌てて視線を逸らす。

(こ……この表情……ッ)

ゲームの中のロジックスで一番のお気に入りのスチルがあった。

それが……今回のような、ヒロインにしか見せない、寛いだ表情だった。

(ありがたや……ありがたやッ)

心の中で手を合わせながら、レティシアは柔らかな彼の表情を瞼に焼き付けるべく目を閉じる。

(ヒロインのアイリスにこんな表情を見せたのは……確か……)

銀嶺の宿舎、夜の中庭で並んで花火を見上げている時だった。夏季休暇の終わりの花火大会のイベントだったはず。視線が絡まり、二人の距離は一気に短くなって……そして……唇が……。

「ッ」

続くキスシーンの美麗なスチルを思い出し、思わずぱっと目を見開く。

ばくばくと心臓が痛いほど高鳴り、慌てて胸元を押さえ深呼吸を繰り返していると、ふと乾いて熱い手が頬に触れ、目を見張る。促されるようにに顔を上げれば、間近にロジックスの顔があった。

「ひぃっ」

思わず情けない声が出た。

慌てて身を引けば、じっと、端正な顔が不思議そうにレティシアを見つめていて、彼女の中の語彙力が消失していく。

「……大丈夫ですか？　顔色が……」

つ、と硬い親指が頬をなぞり、レティシアは緊張と恐怖と、先ほどまで思い出していた前世のときめきとがないまぜになった、一言では言い表せない気分のまま大急ぎで口を開いた。

「大丈夫ではありませんので早々にお帰りくださいお願いします」

両手を伸ばしてロジックスの身体を押し返し、距離を取る。身を翻して早々に立ち去ろうとするも、伸びてきた手がレティシアの手首を掴んだ。

「ならせめて……」

振り返り、咎《とが》めようとするレティシアの掴んだ手を持ち上げて、ロジックスが柔らかな手首の内側へと唇を寄せる。

「ッ⁉」

熱いものが肌をなぞり、その感触に肌が粟立《あわだ》つ。引こうとするが更に強く掴まれ、引き寄せられてレティシアの身体がよろけた。

ちゅっと濡《ぬ》れた音を立て唇を離したロジックスが、不可解な光を宿した瞳でレティシアの揺れる瞳を覗き込んでいた。

「これも、なかったことに」

ぱっと手を離され、一歩下がったロジックスが優雅な仕草でお辞儀をすると踵を返して、来た道を戻っていく。

一方残されたレティシアは高鳴りすぎた鼓動のせいで動けずにいる。

（なっ……な、な、な……⁉）

今のは一体何だったのか。どうしてあんな真似をしたのか。なかったことにするというのなら、忘れてもいいのだろうか。

ぐるぐるする思考を抱えたまま、完全にロジックスの姿が見えなくなってようやくレティシアはふらりと足を踏み出したのである。

◆◇◆

あれから二日。

手を離し、目の前で澄ました表情で立つロジックスにレティシアは必死に笑顔を張り付ける。

「お初にお目にかかります、公爵閣下《ユアグレイス》」

ドレスの裾を摘まんで持ちあげ、深々と膝を折る。その様子に、ロジックスは揶揄《からか》うように眉を上げる。思わず睨《にら》み付《つ》けると、おかしそうに笑みを浮かべ手を差し伸べてきた。

「ご一緒しても？」

隣に立つジョアンナがぱあっと顔を輝かせ、はしゃいだように一歩前に踏み出す。

「是非姉をお願いします！」

「ジョアンナッ」

咄嗟《とっさ》に窘《たしな》めるように声を荒らげる。

冗談じゃない。

さっとジョアンナの隣に視線をやれば、アイリスがやや驚いたような顔でロジックスとレティシアを見ている。そこにほんの少し冷たい空気が混じるような気がして、レティシアは焦った。

なにせ、アイリスは主役なのだ。

たとえレティシアが悪役令嬢の運命を回避し、モブになっているのだとしても、他の女と攻略対象が一緒にいていい気分になるわけがないのだ。

それにもし、アイリスの想《おも》い人がロジックスだったら……どうする⁉

（けど、公爵の誘いを断るわけにはいかないし……なんていえば……ッ）

背に腹は代えられない。

「わたくし自らご案内したいのですが、申し訳ありません。あまり体調がすぐれず、みなさまのお世話はジョアンナに任せますわ」

差し出された手から一歩退き、片足を引いて深々と頭を下げる。それからゆっくりと姿勢を正し、実際に酷《ひど》くなりつつある眩暈と頭痛に苦しむ様子を演じる。

「ジョアンナ、頼んだわね」

「……お姉さま！」

ふらり、と足元が覚束《おぼつか》なくなるレティシアに駆け寄ろうとする妹を片手で制し、首を振る。

「大丈夫よ。晩餐には参加できないかもしれませんが……おもてなしを用意しましたので楽しんでくださいね」

儚《はかな》く微笑んで見せ、レティシアは音もなく現れたクラリッサに合図する。あとはこのまま部屋に引き取ればいいのだが。

「なら部屋までわたしがお送りしましょう」

歩み出た公爵があっさりとレティシアの腕と腰を支えた。

（!?）

ぎょっとして強張る身体を、そのまま優雅に……ふわりと抱き上げ、ロジックスは唖然《あぜん》とするクラリッサに堂々とした態度で告げる。

「彼女の部屋まで案内してくれ」

うろっとクラリッサの視線が困ったように流れ、レティシアを見つめる。強引に抱き上げられてしまったからには……下ろすよう訴えるのも分が悪い。ふるっと首を振って見せれば、クラリッサが背筋を正した。

「それでは……こちらです」

（何を考えているのよ、この人は～～～～）

抱きかかえられて運ばれながら、封印装具のせいだけではない頭痛が酷くなる気がする。

どうにかアイリスの表情を確認したいが、さっさと歩き出した公爵のせいで見えない。唇を引き結び、悪態を堪えていると、悪びれる様子もなくロジックスが話しかけてきた。

「そんなに身を固くされる必要はありませんよ」

抑えた囁き声なのだが、それでもぞくりと肌が粟立つ。

「こんな真似……絶対他の方に変に思われましたわ」

居心地の悪いものを感じながら苦々しく、奥歯を噛み締めるようにして訴えれば、ロジックスは何がおかしいのか低い声で笑いだした。

「そうですか？　具合の悪いご婦人を休憩できる場所に連れていくのは紳士として当然でしょう」

（そりゃそうかもしれないけど……）

あの場にはアイリスがいたのだ。この世界の主人公で、意中の男性と必ず結ばれる運命にある人だ。

それと同時に、意中の男性との仲を壊そうとする人間は悪役に認定される、恐ろしい強制力も持っている。

（私とロジックス様は何でもないんです〜）

そりゃ、最推しだったので……立ち姿を見て素敵だな、って思うこともあるし、この間の灯台で手首にキスを落とされて心臓が壊れそうにもなった。

だが絶対に、彼との仲をアイリスに誤解されるわけにはいかないのだ。

「こちらです」

ようやくクラリッサがレティシアの部屋の前で足を止めた。

ここから先、よく知らない男性を中に入れるわけにはいかない。

「ありがとうございました、公爵閣下《ユアグレイス》」

腕を引っ張り、下ろすよう催促する。ほんの少し扉を見つめた後、ロジックスは酷くゆっくりと……丁寧にレティシアを廊下に下ろした。

中まで……それもベッドまで運びたい、とこちらを見つめる目が訴えているようで、レティシアは伯爵令嬢らしく気品と威厳を持って「拒絶」の笑みを浮かべた。

「ジョアンナからお聞きでしょうが、私はこの地に療養に来ております。できる限り皆さまをもてなしたいとは思いますがご一緒できる機会はほとんどないかと。ご容赦ください」

こうなっては彼らが滞在している間は部屋に引き籠って寝ているしかない。もちろん、陰からのもてなし作戦は継続だ。料理を作っている間はこっそり封印装具を外せばいい。

流石に厨房《ちゅうぼう》にまで客が押しかけてくることもないだろうし、ここまで言っておけば文句もあるまい。

とにかく今はアイリスの感情を乱したくないと、早々に立ち去るべく一礼をして、レティシアは扉に手を掛けた。

その扉に、公爵の手が押し当てられた。

「後でお見舞いに伺っても？」

彼の腕の反対側から声がする。ロジックスの身体と腕に挟まれた状態で、そっと顔の横で囁かれ何度も感じるぞくぞくが腰から這《は》い上《あ》がってきた。

「不適切ですわ、閣下」

何故会ったばかりの彼にこんなに迫られるのかと焦りながら、身を引こうにも場所がない。扉は押さえられていて引き開けられず、クラリッサに助けを求めるよう視線を遣れば、忠実な侍女が一歩前に進み出た。

「公爵閣下《ユアグレイス》、お嬢様はお疲れですので」

理解してくれ、と侍女の忠実で鋭い瞳が訴える。分が悪いと思ったのか、ようやく彼が身体を離した。

「またお会いしたいのですが」

背筋を正し、後ろに手を組んで言われレティシアは扉を引き開けると振り返った。

心臓が早鐘を打っているし、頭痛は酷くなる一方だし、なによりも精神疲労が大きい。

できればお会いしたくないが。

「先も申しましたがわたくしは療養中の身ですのでお約束はできません」

できるかぎり威厳をもって答え、ようやく部屋へと引っ込んだ。扉一枚隔てただけで、身体が軽くなり、緊張にぎりぎりと巻き上げられるように痛んでいた胃が多少楽になる。

ほーっと息を吐き出し、レティシアは重い身体を引きずってベッドへと歩み寄ると、勢いよく倒れ込んだ。

（せっかく悪役令嬢にならない道を歩んできたというのに……どうしてこうなるのよ……）

ゲームとは全く関係ない場所で生きてきた。体調を犠牲に銀嶺への参加を見事回避したのだから、レティシアが悪役令嬢になる世界線は「ない」のだ。

なのに何故か向こうからヒロインと攻略対象がやって来た。

それも……レティシアにとって、死神にも等しいキャラを連れて。

ベッドの上で頭を抱え、呻《うめ》き声《ごえ》をあげる。

彼女たちがどれくらい滞在するのかはわからない。ゲーム内で出かけるイベントがあったように思うが、せいぜい三日程度だった。一か月もここにいることはないはずだ。

（そう……とりあえず三日くらいなら乗り切れる……）

ようはその間、レティシアが悪役令嬢に「認定」されないようにすればいいのだ。

（悪役令嬢っぽい行動って何かしら……）

ヒロインを虐《いじ》めたり、ヒロインの想い人といちゃいちゃしたり、あらぬ噂を流して貶《おとし》めたり……と
こんなところだろうか。

ならばレティシア取るべき行動は……。

一、そもそもゲームの主要キャラと絡まない、徹底したモブになる。
二、モブになり切れなかった場合、アイリスの思い人がロジックスにならないよう、他の人との恋愛をおぜん立てする。
三、それも虚しくロジックスがアイリスの思い人になってしまった場合、応援する・邪魔をしない。

（第一ポイントは……まだいける）

現在主要キャラたちとは挨拶をしただけだ。灯台でロジックスに会ってしまったが、あれはなかったことになっている。お互い、そう決めたのだ。

あとは物理的に距離を取って彼らを徹底的に避ければ問題ない。

（大丈夫……間に合う）

ころんと寝返りを打って天井を見上げ、レティシアはぐっと拳を握り締めた。

長年の体調不良を耐えたご褒美に得たスローライフなのだ。絶対に死守する。

ジョアンナには可哀想だが仕方ないのだ、とレティシアは決意も新たに頑張って引き籠る計画を立てるのだった――……が。

◆◇◆

それはお客様が到着した翌日の昼過ぎに起きた。

「申し訳ありません、お嬢様。調理用ストーブに破損が見つかって温度が上昇しないそうなんです……」

渋面で告げるクラリッサに、レティシアは引き籠っている自室のソファに座ったまま紅茶のカップをテーブルに置くと額に手を当てた。

「他の二台は稼働できますが……」

「つまり、私が調理するための器具がないということね」

「はい……。あの、決してお嬢様のお手が遅いというわけではなく……」

「大丈夫。わかってるわよ」

現在当屋敷に滞在しているのは公爵様に身分を偽った王太子に銀嶺の期待の新人でヒロインだ。この事実の半分以上を知らなくても、公爵が滞在している時点でもてなしは最高級を要される。

つまり、素人同然のご令嬢が厨房で調理をする余裕がなくなったということだ。

（まあ、私の単なる思い付きだったし……別に問題はないんだけど……）

せっかく練習したのに無駄になった。でも少し心が軽くなったのも否めない。

（だってあの時は来るのは主要キャラになりえない、モブの方々だと思ってたから……）

それなら自分が悪役令嬢ルートに入ることもないし、好き勝手にやっても問題にはならないだろうと思っていたのだ。

だがお客様が主要メンバーとなると……できる限り彼らと接触したくない。

良かった良かったと胸をなでおろしていると。

「なのでよければお嬢様は、灯台の方のキッチンを使っていただければなと」

クラリッサの提案にレティシアは飲んでいた紅茶を危うく吹き出しそうになった。

「え⁉」

げほげほと咽《むせ》ながら、それでも必死に問い返せば、クラリッサがお腹の辺りで組んだ両手をぎゅっと強く握り締める。

「本来であればお嬢様に最新鋭の厨房をお使いいただきたいのですが、事態が事態です。それに厳選された食材も届いておりますので、かくなるうえは使い慣れた厨房で準備していただけたらと、料理番頭からの提案です」

一気に告げるクラリッサの言葉に、レティシアは開いた口が塞がらなかった。

確かに……屋敷の主を辺鄙《へんぴ》な場所へと追いやって料理をさせる、なんてどう考えてもオカシナ話だろう。だが、その辺鄙な場所を住処と定め、楽しく生活をしていたのは何を隠そうその主だ。

ならば一品しか作る予定のないお嬢様に最新のキッチンを明け渡すよりは、お嬢様に使い慣れた方にご移動いただく方が現実的だろう。

「厨房の料理人が無礼なのは百も承知しております。ですが彼らには彼らなりの矜持《きょうじ》がありますゆえ」

ぐっと口の端を下げ、不満を押し殺して告げるクラリッサに、レティシアはふーっと息を吐いた。

確かにそれは至極もっともな……仕事をする人間の意見だ。

「……私が料理を作らない、という方向にはならないのかしら」

恐る恐る尋ねれば、クラリッサは渋面になる。

「料理長がお嬢様のメイン料理を引き立てる献立を考えておりましたので……無いと映えないかと」

(そんなSNSじゃあるまいし……)

前世の遠い記憶を押し隠しながら、レティシアはこれはゲームの強制力なのか、それとも別の何かの力なのかと半分諦めながら口を開いた。

「わかったわ。ジョアンナに見つかると面倒だからこっそり灯台に向かいましょう」

クラリッサが明らかにほっとした顔をして、彼女も色々板挟みなんだろうかと苦く笑ってしまう。

とにかく今はやれることはやらなくては。

（ま……灯台に移動するところを見られない限り問題は起きないはずよ）

裏通路から屋敷の裏口へと向かいながらレティシアはやっぱり『CRYSTAL CRIME』というゲームの強制力は侮《あなど》れないかもしれない、と一抹の不安を覚えるのだった。

◆◇◆

「クラリッサが何を言おうと、お姉さまは私のお姉さまなのよ！　なのに会えないなんて意味がわからないわ！」

可愛らしい顔を怒りで赤く染め、頬を膨らませたジョアンナが淑女とは思えぬ大声で喚《わめ》きながら廊下を歩いていく。

「仕方ないわよ、ジョアンナ。具合の悪いお姉さまに無理をさせるわけにはいかないでしょう？」

続いて窘《たしな》めるようにアイリス・カルデュラが言う。

他の人間から見ても二人は仲が良く、更には親友同士なんだと一目でわかるくらいで、来客用のリビングで寛ぐサマースウェイト公爵、ロジックス・スタンフォードが廊下に向けた視界に映る二人は、仲良く腕を組んで歩いていた。

ピンクゴールドの髪に紫の瞳を持つアイリスと、金髪に空色の瞳が特徴的なジョアンナは、常に二人で並んで歩くため、彼女たちの同期からは「金桃コンビ」なんて呼ばれる存在だ。

そんな二人が開け放たれた扉からリビングにやってきて、先客が自分達の上司だと気付くと慌てて姿勢を正した。

対して、公爵でもある彼は淑女の登場に立ち上がった。

「すみません、閣下。こちらにいらっしゃるとは思わなくて」

慌てて告げるジョアンナに、礼儀正しくソファを勧めたロジックスが小さく笑う。

「何を言う。ここは君の屋敷だろう？　好きな場所へ行って寛《くつろ》ぐ権利がある」

「そうですが……」

小さく頬を膨らませるジョアンナがアイリスの手を引いてソファに腰を降ろした。彼女達が座ってから、ロジックスも正面の、先ほどまで座っていた一人掛け用のソファに腰を下ろした。

音もなくメイドがやってきて公爵に淹《い》れたのと同じ紅茶を、ジョアンナとアイリスの前に用意する。

綺麗な赤い水面に角砂糖を二つ落としながら、ジョアンナが唇を噛んで俯《うつむ》いた。

「お姉さま、昨日はお元気そうだったのに、今日は会うのも駄目だなんて……」

「……こちらには療養に来てるんだから、体調がいい時と悪い時があって当然ではないかな」

そっと窘めれば、紅茶を一口飲んだジョアンナがしょんぼりした様子で頷いた。

「お姉さまの十五歳の誕生日に、打ち上げられた花火が暴発して急に倒れられて……」

元気だった姉があの日を境に急に体調を崩し出したのだ。

「ここに来てようやくお元気になったみたいだったのに」

「……そのお姉さまの為に、治療薬を探してるのよね？」

膝の上で握り締められたジョアンナの手を、隣に座るアイリスがぎゅっと握り締める。

顔を上げたジョアンナが、正面に座る上司のロジックスに真剣なまなざしで訴えた。

「そう……私が怪しい薬の売買とか、輸入業者の調査とか、奇跡を謳う団体への潜入とか、そういう依頼ばかりに飛びつくのは姉の為なんです。だから許して頂けたらなと……」

真剣な表情で訴えるジョアンナに、ロジックスは思わず苦笑してしまった。

この春、自分の元に部下として配属になったジョアンナは普通の任務の他に、彼女が言ったような事件が起きるたびに単独で乗り込んでいくトラブルメーカーだった。だがあまり怒られないのは、ずば抜けて優秀なアイリスが、バディであるジョアンナを助け、事件解決に導くからだ。

二人の事件解決率は非常に高く、上司であるロジックスとしては優秀な部下二人に恵まれて感謝するべきところなのだが、一方で彼女たちの無鉄砲さに手を焼いていたりもする。

「……そういう事情なのは、ランズデール伯爵令息の行動からも理解しているつもりだよ」

王都防衛組織『銀嶺』に所属していながら、部下も持たず、依頼も受け付けず、単身あっちこっちに顔を出してはトラブルを解決する、ジョアンナとレディ・レティシアの兄・セオドア。

同期である彼の行動を思い出しながら告げれば、ジョアンナが身を乗り出した。

「兄からは何か連絡はありましたか？　秘薬が見つかったとか」

必死さの滲む彼女の様子に、ロジックスは涼しい顔をすると自分のカップを持ち上げる。

「それは、今ここにロード・セオドアが秘薬を持って現れ、レディ・レティシアに飲んでもらってすぐに回復されて、大手を振って会いたいということかな？」

う、とジョアンナが言葉に詰まり、すとん、とソファに座り直す。

「何もそんな風に言わなくても……」

「閣下はお姉さまのことも考えろって言いたいんですよ」

静かに、思慮深いアイリスが告げる。

「アイリスまで〜」

唇を尖らせて情けなく訴えるジョアンナとにこやかに笑うアイリスにロジックスは目を細めた。

二人は同い年の十八歳で、ロジックスにしてみれば目が離せない部下というところだ。

もしここが社交界で紳士と淑女として出会っていたのなら、二人ともに結婚相手の候補になっていただろう。

だが今はそんなことを考える余裕もない。

それほどに危険な任務が、新人の二人に回ってくることはめったにないが、いつ命に係《かか》わる事態が発生してもおかしくはない。それが『銀嶺』だ。

その名が示す通り、白と銀が特徴的な塔を有する巨大な建物と敷地に、国中の精鋭が集まり王都防衛を担っている。

主な任務は各地にある封印塔の管理で、封印が緩み、魔物が現れるのを未然に防いだり、封印を破って現れる魔物を倒したりしている。各地で起きる怪異にも積極的に解決に乗り出し、小さな事件でも嫌がらずに対応することから人々には尊敬のまなざしで見られていた。

魔力は『血』によるところが大きく、爵位を持つ者は祖先が魔術師だったことから、『銀嶺』に参加する者が多い。社交界では『銀嶺』への参加が一種の名誉として考えられていた。

実際。『銀嶺』に多くの人材を送り込んでいる家は社交界でも高い地位にある。

そんな魔物退治や塔のメンテ、封印の強化、怪異解決の依頼を日々こなす上に、公爵でもあるロジックスは他に領地の管理もあったりして、殺人的な忙しさだ。

そんな中で、部下を『妻候補』としてみる方が難しいだろう。

「休暇はまだ始まったばかりで、二週間は余裕があるのだから、焦らない焦らない」

にこにことアイリスが告げ、彼女の不思議な紫の瞳がロジックスを映す。

「ですよね、閣下」

優秀で有能な彼女は貴族出身ではない。だがずば抜けて魔力が高く、頭もいい。時に高慢になりがちな貴族出身の魔術師達の間でうまく立ち回る術も持っていた。

彼女が自分に向ける視線には確かに『敬愛』が見える。多分、嫌われてはいないだろう。だがいくらか謎めいたものも感じる紫の瞳を見つめ返し、ロジックスは微笑んだ。

「だな。わたしも久々の休暇を満喫してくるよ」

仲良く紅茶を飲む二人を残し、ロジックスはゆっくりと立ち上がると部屋を出た。

廊下の窓からは高い位置にある水平線が、空との境目をきらきらと輝かせている様子が見えた。

小高い丘の上に建っている所為《せい》で、屋敷からの眺望はどれも素晴らしい。眼下に広がる港町の、真っ白な壁と真っ青な屋根が織りなす景色を見るべく、ロジックスは傍にあったガラス戸から庭に出るとぶらぶら辺りを歩きだした。

夏の日差しは熱く、焼けるようだが海からの風が心地よく、まくり上げたシャツから覗く腕を、ヴェールのように撫でていく。

ゆっくり歩き、胸元くらいの高さの塀の向こうに広がる景色を眺め、その合間につらつらと考え事をしていたせいか、いつの間にか庭の端にある木戸にまで来ていた。

奥には屋敷よりも高い位置に塔が立っている。赤と白に塗られたそれが灯台だと気付き、ロジックスは軽く目を見張った。

四日前、あの灯台でレティシアと出会った。そこから一人の女性が歩いてくる。

（クラリッサ……といったか）

彼女を抱き上げ寝室まで運んだ際に凄《すご》い目で睨《にら》んできた主に忠実な侍女が、今度は腕に包みを抱えて何かを慎重に運んでいる。

そっと木の陰に隠れて彼女が屋敷の裏口から中に入るのを確認して、ロジックスはゆっくりと笑みを浮かべる。

（あの侍女が一人で灯台から出てくる……なんてことがあるわけがない）

きっと主がいるはずだ。

灯台での出会いは二人の間で「なかったこと」になっていた。あそこにレティシアはいなかったし、ロジックスもいなかった。その認識で通すつもりだった――……あの時は。

だが、今はどうだろうか。

具合が悪く、妹の面会も謝絶している彼女があそこで何をしているのか。

（療養中だから会えないと、そういっていたはずだが、レディ・レティシア）

ゆっくりと……不敵な笑みが込み上げてくる。

職務上と個人的に気になるので、ロジックスはクラリッサが完全に屋敷に入ったのを見届けてから行動を開始する。

脳裏に彼女の姿が蘇る。

こちらを見つめ返す紅玉《ルビー》のような赤い瞳には、どこか意志の強さが見て取れた。柔らかな金髪が彩る白い頬はうっすらとピンク色で、青白く具合が悪そうではあってもどこか……光り輝く生命の強さのようなものを感じたのだ。

話に聞くよりもずっと芯が強そうで、そして……美しかった。思わず柔らかな肌に唇を寄せてしまうほど。

色々なものを抜きにして、ただ純粋にもっと彼女が知りたいとそう思う。

そして、そう思う自分に少し驚きながら、ロジックスは獲物を捕らえるように、大股で灯台へと歩いて行った。

第三章　甘い接近

今までで一番の、会心の出来と言えるだろう鯛のアクアパッツァをクラリッサに渡し、二階の寝室へと戻ったレティシアは、外していた封印装具を身に着けるとベッドに倒れ込んだ。

封印装具を外していたので気分も体調も良かったが、それも束の間《つかま》だったと名残惜しく目を閉じる。

窓とドアを開けて風通しをよくしているため、真夏でも心地よい風が身体を撫でるようにして吹きすぎていき、レティシアの疲れた身体を癒《いや》していった。

（エアコンとか作れないかな……魔法で）

スローライフ生活を満喫しているとはいえ、前世で覚えた『快適』まで手放す必要はないだろう。うまくすれば作れるのではないだろうか、とぼんやり考えながら目を閉じる。

ここ数日の緊張と疲労がじわじわとお腹の奥から湧いてくる。それと同時に、再び魔力が滞っていくのがわかって倦怠感が増してくる。

（ここで……寝てしまったら……）

屋敷に戻るのが大変になるだろう。

ああでも、日暮れまでここにいて、皆が晩餐に集まっているときに戻れば誰かがレティシアの姿を目撃する可能性はなくなる。ならばここでうつらうつらしていようか……。

そう考えているうちに、レティシアはどこかで扉が開いて閉まる音が聞こえたような気がした。

だがそれを追及する前に彼女の意識は夢の中へと落ちて行ってしまったのである。

◆◇◆

ノックの音に応答はない。

そっとドアノブに手を掛ければ不用心なことに開いていた。

「レディ・レティシア？」

そっと引き開けて、先日は引き返した中にと踏み込む。

こじんまりとした部屋は綺麗に整頓され、清潔そうだ。一階を目的の人物を探して歩き回るが、見通しのいいリビングと（何故かハンモックが吊《つ》るされていた）キッチンがあるだけでレティシアの姿はない。

ただまだ濡れた鍋やフライパンが置かれていたことから、今まで誰かがいたことを証明している。

（二階か？）

もし着替えか何かをしているのだとしたら……。

扉が開いていたことを思い出し、ちりっと胸の奥が焦げるような気がする。

（不用心にもほどがあるだろう）

かすかな苛立ちを覚えながら入り口の左手側にある階段をそっとそっと上がる。

「レディ・レティシア。いらっしゃいますか？」

一応声をかける。だが返答はない。

片側に海が見える窓の並ぶ廊下を進むと、丸い石造りの灯台へと続く階段が見え、さらに左に曲がれば扉が三つ見えた。

手前左右の壁に一つと、突き当たりに一つ。

一番手前の扉が開いていて、そっと覗き込めば、小さな鏡台、こまごましたものが乗った棚やタンス、それから書き物机が目に飛び込んできた。

明らかに使われている感じの部屋の、その奥まで覗き込んで、ロジックスは息を呑んだ。

やや大きめなベッドに一人の人物が横たわっている。

「マイレディ？」

声をかけるが熟睡しているのか返答がない。極力足音を立てないように中に踏み込めば、柔らかなシーツの海に、金色の髪を広げたレティシアがすやすやと寝息を立てて横たわっていた。

長い睫毛が頬に影を落としている、その様子にロジックスは胸の奥が焼けるように熱くなるのを感じた。

それは一種の激しい怒りにも似ていた。

こんな風に無防備に、鍵も掛けずに眠っているなんて信じられない。どんな悪漢がくるかわからないのだ。港町は色々な人が集まる。それを理解しているのだろうか。

それと同時に、今すぐ彼女を自分のものにしたいという欲求が膨れ上がってくる。

そんな風に激しい思いを、誰かに抱いたことなどなかったというのに。

（なんで……彼女にだけこんな……）

そっと眠る彼女を起こさないようにベッドに腰を下ろし、広がる髪を一房、指に掛けて持ち上げる。艶《つや》やかなそれの手触りを確かめながら、ロジックスはじっとあどけない寝顔に視線を注いだ。

彼女を見かけたのはほんの偶然みたいなものだった。仕事の関係で一足先に来たポートエラルの市場。

そこで楽しそうに買い物をするレティシアを見かけたのだ。

生き生きした表情で店主と話をし、真剣な表情で魚を選んでいた。分け隔てなく誰とも楽しそうに接して、そして使用人と思《おぼ》しき女性にも気さくな態度で接していた。

一目で高貴な生まれだとわかる生地のドレスを着ているのに装飾も色も華美ではない。控えめな様子なのに何故かそこだけ輝いて見えたのだ。

あれが、ランズデール伯爵令嬢。

そう、一目見た瞬間にロジックスは確信していた。

実際に彼女なのかを確かめるために後を付けて……面白い結果になった。

（出会いの消去、か）

思い出して、ふっと愉快な気持ちが込み上げてくる。

焦って自分が人妻だといい、違うとバレればどうにかしてここでのことは話さないでほしいと懇願してきた。くるくる変わる表情に目が行き、すまして取り繕った笑顔しか見せない社交界の連中との差に驚いたのだ。

今も、規格外の様子を見せてくれている。

「こんな所で警戒もなく寝ているなんて……」

襲われても文句は言えませんよ？

低い声でそっと耳元で囁けば、柔らかな唇が吐息にも似た声を漏らす。寝言かな？　と更に顔を寄せれば、不意に寝返りを打った彼女がころりとロジックスの方に身体を寄せ、そのまま彼の上着の裾をしっかりと握り締めた。

「っ」

どきりと胸が高鳴る。

彼女は未だ眠ったままで、眉間に一本皺が寄っている。そんなに苦しい夢を見ているのだろうかと、一抹の不安を覚えて、ロジックスはゆっくりと彼女の額に触れた。

彼女がそっと、身を寄せるような仕草をする。だがやはり目を覚まさない。

「……全く」

とてもじゃないが伯爵令嬢には見えない。それがロジックスの心の柔らかい所に引っかかった。

「早く目を覚まさないと……」

誰かに渡したくないな、という思いがごく自然に体の奥から湧き上がってくる。

彼女を手にするのは……自分だという獰猛な思いを引っ提げて。

「どうにかなってしまいそうだ」

可愛らしい耳殻に唇を寄せて囁き、そのままロジックスはベッドの上に横になる。

肘を付いて上半身を起こしたまま、彼はじっと眠るレティシアの顔を見つめた。そっと伸ばした指先で頬を、それから柔らかな唇をなぞり嘆息する。

「本当に君は、興味の尽きない人だね」

初めての感覚に嬉《うれ》しくなりながら、ロジックスは彼女の隣で目を閉じる。

溜《た》まっていた疲労がじんわりと身体を包み込み、女性の側でこんなにも心安らかになるのは初めてではないかと、そう思いながら身体から力を抜いた。

こうして窓から差し込む日差しと、温かい風があっという間にロジックスの意識を攫っていったのである。

◆◇◆

あれは五年前――レティシア、十五の夏。

その日、領地ではレティシアの誕生日を祝う花火が打ち上げられようとしていた。会場となる領地の中心を流れる河のほとりに、一家が幕屋《まくや》を張って観覧席を設け、その後ろには屋台を出したり、食べ物を持ち寄った領民達が自由に座って見学しようとしていた。

夏の、のんびりと暮れていく空の下で、食事や飲み物を手にレイズ一家は、領民達の楽しげな喧騒《けんそう》を音楽に、団欒《だんらん》を楽しんでいた。

やがて空に一番星が輝き始め、鈴を鳴らした執事が恭《うやうや》しく花火の開始を宣言する。

会場にいたすべての人間が、期待と興奮に満ちた眼差《まなざ》しを対岸へと向けた。

空気を切り裂いて金色の火球が、まだ青さの残る夜空へと飛翔《ひしょう》し、身体に響くドーンという音と同時にぱっと光の花が咲いた。

見上げる人々の顔が輝き、溜息にも似た歓声が上がる。

レティシアもりんご飴《あめ》を手にうわあ、と感嘆の声を漏らす。光の粉が降り注いでくる情景に瞳を煌めかせ、大きな光の花が三つほど続けて咲いた後、レティシアは拍手しながら両親に「星が降って来るみたい」と興奮して訴えようとした。

だが。

その言葉はレティシアの赤く艶やかな唇から漏れることはなかった。

何故なら、不意に視界の端に目を射る閃光《せんこう》が走ったかと思うと、物凄い爆発音が耳を劈《つんざ》いたからだ。

はっとしてそちらを見れば、色とりどりの光が川面《かわも》の少し上あたりで炸裂《さくれつ》している。まるで昼間のように辺りが明るくなり、暗く影に沈んでいた屋敷がくっきりと夜空に浮かび上がる。

巨大な星が川面に衝突した様に、耳を覆っても鳴り響く爆発音と同時に金や白、赤、ピンク、青、紫と次々に閃光がさく裂する。

唖然とその様子を眺めていた観客から悲鳴が上がった。

はっと我に返ったレティシアが見たのは、対岸で吹き上がる炎だった。

そこから先は大混乱で、人々が大急ぎで逃げていく。オレンジに揺れる川の向こうから燃えたままの花火の欠片《かけら》が舞い込みだし、桟敷の天幕に当たって火を噴く。

「レティシア！　ジョアンナ！」

父の絶叫が聞こえ、なんだかわからないうちに、二人を庇《かば》うように父親が身を伏せ、どこかで母親が兄の名を叫び、青白いガラスのようなものが四人を包むように広がるのがわかった。

（兄さまの魔法だわ……）

人々の喧騒と悲鳴、パニックそのものの様子を父親の腕の下から眺めながら、レティシアは不意にくらんと目の前の景色が歪むのを覚えた。

（そう……パニック……人……覗き込む顔……）

ずきりとこめかみのあたりが鋭く痛み、レティシアは反射的に目を閉じた。

途端、瞼の裏に今まで見えていたのとは全く違う景色が浮かんだ。

ちかちかと瞬くのは、高層ビルのてっぺんで輝く航空障害灯の赤。それを見上げる自分の身体は一向に動かない。やがて視界の端に煌めく光が見え、遠のく耳にドーン、という空気を震わす音が響く。

誰かの叫び声と蒸し暑い日本の夏の空気が徐々に遠のいていくのと、胸をよぎった感情にレティシアは息を呑む。

──あたし、これで死ぬんだ……。

（……思い……出した！）

鳴り響く救急車のサイレン。こちらを覗き込む人々の不安そうな表情。それと、へたり込み頭を抱える車の運転手。

最期に見た、光景。

あの日。

友人と約束していた花火大会に向かう途中、事故に遭った。自分が悪いのか、車の運転手が悪いのかわからない。ただ……最期に見たのが綺麗な花火だというのがなんとなく……本当に何となく嬉しかったことだけは覚えている。

◆◇◆

（頭……痛い……）

突き刺すような痛みが、こめかみからこめかみへと貫くように走る。

ぎゅっと身を固めるとようやく騒ぎが少し収まってきたのか、父親が両腕にレティシアとジョアンナを抱えるのがわかった。必死に目を開けると、兄が魔法を使っているのがわかった。

（兄さま……魔法が使えたんだ……）

母がジョアンナを受け取り、兄の後をついて慎重に移動する。

そこでレティシアは気絶した。どうやって屋敷に帰り着いたのかはわからないが、目が覚めた後もレティシアは高熱で三日ほど寝込んだ。

そうして空腹で目が覚めた四日目。

自分のいる世界が、前世でプレイした乙女ゲーム『ＣＲＹＳＴＡＬ ＣＲＩＭＥ』の世界で、その中の悪役令嬢・レティシアに転生しているという事実に気付いたのである。

ゆっくりと意識が浮上し、ふっと目を開けたレティシアは一瞬、すぐ傍にいる存在に気付かなかった。近すぎる距離に何かがあり、思わず手を伸ばす。それが、首元が開いたシャツとほどけかかったタイだと気付いた瞬間、弾《はじ》かれたように起き上がった。

(なっ⁉)

夏の遅い日没直後の部屋はまだうっすらと明るく、窓の向こうに広がる空は柔らかな水色だ。身を起こしたレティシアは、同じベッドに横たわる存在に震える。

(な……なんで……なんで……)

じりじりと移動し、やがて背中が壁に当たる。

(なんでここにロジックス様が⁉)

せっかく落ち着いていた心臓が再びばくばくと音を立て始め、レティシアはあまりのショックで真っ白になった脳内を必死に再起動させる。

ふと、眠りに落ちる前に扉の開閉音を聞いたような気がしたことを思い出した。

(まさか……抜け出す姿を見られてそれで……⁉)

十分にありうる。彼はレティシアが灯台に居ることを知っているし、そうなれば、療養中だと言った彼女がどうして動き回っているのか、不審に思ったのだろう。

見られないように気を付けたつもりだが、とんだ大失敗だ。

(と、とにかく逃げなきゃ……こんな二人並んでベッドにいるのは絶ッッ対に駄目だッッ)

日は沈んだばかりで、外はまだ明るい。だがもう、屋敷に戻ろう。

客人も日が落ちてからは外を出歩いたりはせず部屋にいるが遊戯室やリビングや図書室や……思い思いの場所で過ごしているはずだ。

窓から見られたら……とか、廊下で出会ったら、という可能性を綺麗に無視して、レティシアは慌ててベッドから下りようとした。

横たわるロジックスの足元を這《は》うようにして乗り越え、素足で床に立ったところで背後から伸びてきた手に腕を取られた。

「ぎゃあ」

どう考えても上品ではない声が漏れた。

ぱっと振り返ると、上半身を起こしたロジックスがどこか眠そうな顔でレティシアを見つめている。

「どこに行く」

彼のもう片方の手が持ち上がり、前髪を掻き上げる。

そこはかとなく色気の漂う仕草に、レティシアはお腹の奥が震える気がした。足から力が抜けそうになり、堪えるように力を込めながら必死に訴えた。

「な、なな、なんで閣下がこちらにいらっしゃるんですか⁉」

灯台に一人滞在しているレディの寝室に忍び込むなんて前代未聞だ。

そんな非難を込めて訴えれば、彼は数度瞬きした後、ひょいっと肩を竦《すく》めた。

「君の忠実なる侍女がここから出てくるのを見てね。ノックしたが返事がなかった。扉を引いたら不用心にも鍵が開いてたからね。確認するために上がってきたんだが……」

すっと距離を詰めた男がゆっくりと暮れて行く室内で妖しすぎる笑みを浮かべる。

「麗しのご令嬢が一人、ベッドに横たわっていらした」

ひぃいいい、と心の中で悲鳴を上げながらベッドから離れて距離を取ろうとする。だが手首を掴んだままの彼はレティシアに続いてベッドから下りるとゆっくりと顔を近寄せた。

「起こそうかと思いましたが、あまりにも気持ちよく寝ていらっしゃるので……つい隣に……」

吐息がかかりそうな位置で囁いた後、男はすっと身体を離してにぱっと悪気無く笑う。そんなロジックスにレティシアは思わず噛みついた。

「こ、こんな狭い……しかもベッドで一緒に寝ていたなんて……だ、誰かに知られたら終わりですよ、公爵閣下《ユアグレイス》！」

「ロジックス」

途端、唐突に指摘されて、レティシアは勢いを削《そ》がれる。そんな彼女にロジックスは涼し気に微笑んだ。

「わたしの名前だ、レティシア。公爵閣下《ユアグレイス》なんて堅苦しい呼び方ではなく、名前で呼んでくれ」

(ひぃいいいいいやあああああああ)

トンデモナイ色気に満ちた表情で、恐ろしいことを言わないでほしい。青ざめ、口をぱくぱくさせていると、再び身を寄せたロジックスが震えるレティシアの額に自らの額を押し当てた。

「熱がありそうだな。もう少し寝ていろ」

「けっ……結構です！　それよりも公爵閣下」

「ロジックス」

「……ロ、ロジックス様！　や、屋敷では恐らく晩餐が始まると思いますので、お早くお戻りになられたほうがいいのでは⁉」

どうにかして彼との距離を取ろうと視線を逸らし、さりげなく胸元を押すが、いつの間にかレティシアの手首を掴んで腰を抱いている男は手を緩めない。

「こんな場所で療養している君を置いてはいけない」

「じ、自分の面倒は自分で見られます。そのためにここにいるんですから」

もう少し強く拒絶を示すべきか、とやや力を込めて押した胸元からシャツ一枚を挟んで肌の熱さが掌《てのひら》に伝わってきてぎくりとした。

思わず震えたレティシアに気付いたのか、ロジックスが掴んだままの彼女の左手を持ち上げると、薬指に唇を押し当てた。

柔らかく、熱い感触にレティシアの脳裏が真っ白になる。

そんな魂の抜けかけている彼女をよそに、ロジックスは少し眉を下げ、懇願するように告げた。

「なら、わたしだけは特別扱いにしてくれないか？　君が一人でジョアンナを相手にここにいることを隠せるとは思えない」

的を射た発言に、ぐっとレティシアは言葉に詰まる。

確かに……ジョアンナ「側」に自分に手を貸してくれる人がいるのは非常にありがたい。

ありがたいが……その相手がレティシアの死神・ロジックスでは本末転倒過ぎる。

「お気持ちはありがたいのですが、今まで私は散々……色々な人にご迷惑をかけてまいりました。なのでこれ以上は――」

「すでに散々迷惑をかけているという自覚があるのなら、そこにもう一人増えても構わないだろう？」

「か、構います！　それに迷惑をかける相手が公爵閣下で、更には社交界中の女性が憧れてやまない方だなんて、わ、私には荷が重すぎます！」

きっと顔を上げて瞳に力を籠《こ》め、ロジックスを睨みつける。

わかってほしい。

これ以上接点を増やしてはいけないのだ、悟ってくれと半ば祈るような気持ちで見つめていると。

ふっと、彼の口元がほころび柔らかな笑みが浮かんで、衝撃を受けた。

（ま……まぶしっ）

前世で見たどのスチルよりも近くで、鮮明に、推しの優し気な……愛《いと》しそうな笑顔を見て脳が真っ白な光を放ってスパークした。

数秒固まっていると、ふと目の前のロジックスがゆっくりと迫り、気付いた時には彼の唇が自分の唇を塞いでいた。

（………………え？）

開いた瞳の先、ぼんやりと焦点の定まらない視界の中でロジックスの輪郭がぼやけている。

温かく……柔らかな感触を意識した途端、腰の奥から雷にも似た電流が走った。

先ほどよりももっとずっと強く震えた、レティシアの身体。

それは恐怖を発端とした震えとは真逆のもので、彼女の身体の中心が熱く燃え上がり、身体から力が抜けていく。

そんな彼女の変化に気付いたのか、ロジックスがそっと唇を離す。濡れたレティシアのそれに、こんどは軽く噛みつき、舌先を押し付ける形で口付けた。

「っう⁉」

思わず変なうめき声が出た。

だがそれに構うことなく、彼はますますきつく彼女を抱き寄せ、触れる舌先が上唇をなぞり、レティシアに唇を開くよう無言で懇願する。

（駄目っ）

甘美すぎる攻撃に流されそうになりながらも、レティシアは必死に抗《あらが》った。

脳のどこかが「危険だ」と訴える。当然だ。彼はレティシアの死神だ。

それでも、手首を離した彼の手が、レティシアの頤《おとがい》をくすぐり、更に腰を引き寄せられればそんな警報も甘く霞《かす》んでいく。

噛み締めた顎から力が抜け、震える唇が彼を受け入れようと動く。

応えるようなそんな仕草を、ロジックスが見誤るわけがなかった。

キスが激しさを増し、レティシアの唇からくぐもった、艶やかな声が漏れる。

（駄目なのに……ッ）

今やつま先立ちになりそうなほど身体を引き上げられ、折れそうなレティシアの身体を両腕で支えたロジックスが、深く深く口付ける。

彼女の口腔《こうこう》に侵入した舌が、奥に引っ込んで逃げようとするレティシアの舌を捕らえて絡めとる。

途端に、お腹の奥で一斉に蝶《ちょう》が羽ばたくような感触がして、ますます身体から力が抜けた。

口蓋や歯列の裏をさすられ、角度を変える度に感じる場所を探されて、とうとうレティシアががっくりと崩れ落ちた。

「っ……」

「レティシア」

慌てて抱き留めたロジックスの、乱れた前髪の下に獰猛な色の過る金緑の瞳を見つけ、レティシアのお腹の奥がきゅうっと痛んだ。

（な……）

ダイレクトに腰に響く、鋭い疼《うず》き。

それが何なのか……深窓の令嬢は知らないかもしれないが、前世のあるレティシアにはよくわかった。

たとえ……前世でキスもまだの処女だったとしても。

視界が潤んで揺れ、かあっと真っ赤になる彼女に、乱れた呼吸のままロジックスがふっと目を伏せる。そこに漂う色香と何かを求めるような雰囲気に、レティシアは混乱した。

確かに彼は一番人気の攻略対象だった。

だが……『ＣＲＹＳＴＡＬ　ＣＲＩＭＥ』は成人指定の乙女ゲーではなかったはずだ。

だからこんな……こんな……今にも襲ってきそうな甘く、どこか恐《こわ》い、ベッドに引きずり込んでどうにかされたいと願うような、色香の漂う表情のスチルはなかった。

「あ……」

熱っぽい視線に絡め取られ、喉の奥が干上がる。思わず漏れた、甘やかな吐息に、ロジックスがはっと目を見開いた。

（え……？）

刹那、ぱっと視線を逸らされ、冷たい水を浴びたようにのぼせていた脳内が一気に冷えた。

表情が一変し、顎の辺りが強張ったロジックスの横顔を見て、レティシアは瞬時に理解した。

（私があんな反応をしたからだ……）

甘えるような顔で見上げたからだ。

懇願するような声が漏れ出たからだ。

だからきっと……思わずキスしてしまったことを瞬時に後悔したのだろう。

ずくん、と先ほどの甘やかな痛みとは違う、苦い疼きが身体の中心を襲い、彼女は足に力を入れた。

「……離してくれませんか」

どうにか平静を装って、できるだけ冷たく告げる。できていたかどうかは疑問だが、悔いるようにどこかを彷徨《さまよ》っていた彼の視線がレティシアに向いた。

「――……すまない」

かすれた低い声が耳朶《じだ》を打ち、なんだかわからない痛みが再び身体を襲う。

キスされて舞い上がった感情が、冷たい雨に打たれて地に落ちる。

このまま何も言わずに出て行ってほしいと俯けば、唐突に抱き上げられて仰天した。

「な」

「とりあえず、屋敷に戻ろう。ここに君を一人残してはいけない」

「い、いえ……！　わ、私は……」

「それに、夜中にこっそり戻る気だったんだろう？　暗い中、短い距離とはいえ敷地外を歩かせたくない」

「ですが閣下」

「ロジックス」

ゆっくりと部屋を出て階段に向かう彼が、ちらりとその金緑の瞳をレティシアに落とす。

「ロジックスだ。二人きりの時はそう呼んで」

「――………ロジックス様」

彼の腕に抱き上げられ、居心地悪く身を固くするレティシアは必死に思考をまとめようとした。

なぜ彼は、後悔したような仕草の次に、レティシアを連れて帰ろうとするのか。

置いて出ていけばいいだけの話ではないか。

それとも彼は……レティシアから「公爵閣下に襲われた」という話が漏れ出るのが怖いのだろうか。

（そうかもしれない……）

だとしたら一刻も早く安心してもらうためにと、彼女は慌てて口を開いた。

「あの……先程の過《あやま》ちに関して、私は何も言いません。ですからそれを心配しているのなら……」

「……レティシア」

ゆっくりと階段を下り、ロジックスは彼女を抱いたまま小屋から出る。

外はだいぶ暗く、視線を上げたレティシアの目に灯台とその上で輝く銀色の星が見えた。

その下で、影になってうまく表情の見えないロジックスがそっと続けた。

「あれは過ちなどではない。わたしは……そう思ってる」

「……え？」

驚く彼女を抱えたまま、彼はゆっくりと丘を下っていく。

海からの風が心地よく、火照った肌を撫でていく。そんな中うろたえるレティシアとは対照的にロジックスはしっかりとした足取りでどんどん馬車道を進んでいった。

「よければ君の力になりたい」

かすれた声が耳を打ち、レティシアは目を見張った。

屋敷の石垣が見え、鉄鋲《てつびょう》の打たれた木戸が現れる。

彼女を抱えたまま彼は器用に扉を開け、庭の小道をゆっくりと進んでいく。クラリッサに開けておくよう頼んだ、廊下突き当りのガラス戸までやってきて、ようやく彼は彼女を下ろした。

ほんの少しよろけるレティシアの腰を彼が慌てて支えた。いまだ近すぎる距離に思わず後退れば、一歩踏み込んだ彼が、軽く、ついばむようにレティシアの唇を盗んだ。

「!?」

「……またあとで」

言って、彼女が何か問い返すより先に数歩離れたロジックスが真正面からレティシアを見つめた。

吹き抜ける風に、彼の黒髪が揺れ金緑の瞳がちらりと輝く。読めない、でもどこか熱を孕《はら》んだ表情が見える気がして、レティシアは急いで彼に背を向けた。

ガラス戸を開け、震える膝を叱咤《しった》して使用人用の通路へと飛び込む。軋《きし》む階段を上りながら、レティシアは無意識に自らの唇に触れ…………──その場にしゃがみ込んでしまった。

(……なんなのよ……なんだってあの死神は私にあんなキス……!)

求めるような、奪うような、喰《く》らうような。

身体の奥に抗えない欲望をともすようなそのキスに悶《もだ》える。

ぎゅっと身体を抱きしめ、目を閉じ、深呼吸を数度。

しばらくして、レティシアはゆっくりと立ち上がった。

またあとで、と言った彼の真意は読み取れないが、結んではいけない縁を結んでしまったことはぼんやりとわかる。

でもリセットボタンを押して、彼と出会う前の朝まで時を戻すことはできない。ならばやるべきことは一つ。

(これ以上……接点をもってはいけない……)

恐らく彼は倒れたレティシアに同情したのだ。か弱くもろそうな存在に絆《ほだ》されることもあるだろうし、何も知らない初心《うぶ》な令嬢を揶揄《からか》ってみたかったのかもしれない。

（そんな……クズみたいな設定ではなかったけど……）

きっとそうだ、と胸の内で繰り返し、やっぱり彼はヒロイン以外には卑劣なんだと、わけのわからない説を脳内で振り回しながらようやく自分の寝室へと戻る。

そのままベッドに倒れ込み、レティシアは疲れたように目を閉じた。

どうやら限界だったようで、あっという間に意識がシャットダウンする。

今度は夢を見なかった。

推しの死神から甘いキスをされるという、夢かと思うような現実の所為だったかもしれない。

◆◇◆

（キスまでする気はなかったんだが……）

気付けば柔らかな彼女の唇を堪能していた。

彼女から甘い吐息が漏れなければ、そのまま押し倒していただろう。それくらい、ぎりぎりで危なかった。

唇を離した瞬間、レティシアの表情が蒼《あお》ざめて見えたが……当然だろう。突然襲われたようなものだ。

公爵としてあるまじき振る舞いだと、そうわかってはいたが……後悔はしていない。

（レティシア……）

キスをしても彼女の態度は変わらなかった。例えば身を投げ出してくるとか、このキスを境に関係を変えようと強請《ねだ》るとか、そういったことが一切なかったのだ。

他の令嬢達は少しでもロジックスの気を引くチャンスがないかと、晩餐会《ばんさんかい》でも舞踏会でも目を光らせているというのに。

彼女はただ驚いて、青ざめて、過ちに関して何も言わないと宣言した。

それが腹立たしかった。

溶けたような顔をして、なのに次にはさっと身を引いてしまう。

彼女は一体何者なのか。

「やっとお戻りですか、公爵閣下《ユアグレイス》」

不意にひんやりとした冷たい声がして、ロジックスはゆっくりと顔を上げた。

ガラス戸の前にアイリスが立っている。

彼女はどこか事務的な……探るような眼差しでロジックスを見ており、その様子に彼は苦笑した。

「君が心配するようなことは何もなかったよ」

きっぱりと告げ、ゆっくりと彼女の方に向かう。

アイリスはどこか胡散《うさん》臭《くさ》げな眼差しでロジックスを見た後、ふうっと溜息を吐いた。

「どちらに行かれてたのですか？」

一歩わきに退いたアイリスの横を通って中に入る。ちらと視線を落とせば、彼女の神秘的な紫の瞳には探るような色味が過る。

「港がどうなっているのか確認をね」

レティシアの居城である灯台に併設した小屋を二階に上がる前に確認した。

リビングからはランズデール伯爵領の港町、ポートエラルへと入港する船が良く見えた。

湾内で漁をする漁船から観光船……遠くから入港してくる輸送船、客船……個人所有の小さな船もいくつかあった。

「そちらはどうなってるかな、ミス・カルデュラ」

後ろに付き従う部下に振り向きもせず聞けば、ほんの少しの沈黙の後すました声が答えた。

「私も港町に出ましたが……そういえば、閣下をお見かけしませんでしたね」

その言葉に思わず吹き出す。それから振り返り、にんまりと笑った。

「当然だ。そう簡単に自分の存在を吹聴《ふいちょう》してまわる気はないからね」

ぐっと唇をかみしめるアイリスに背を向けて、ロジックスは再び歩きだす。

さてこれからどうしようかと、再びあれこれ考えを巡らせながら。

第四章　塞がれる退路

昨日のロジックスとのキスは、レティシアの神経に相当のダメージを負わせたようで、はっと目が覚めた時にはすでに日は高く、お昼を迎えようとしていた。

しかもすっきりとした目覚めとは程遠く、重たい頭と身体を引きずって起き上がる始末だ。

確かに来客がある間は引き籠っているつもりだが、「お姉さまに会わせて！」と早朝からクラリッサに詰め寄る妹と顔を合わせずに終わらせるわけにもいかない。

午後のお茶の時にジョアンナに会う決意をし、家族が集う居間《リビング》にお茶とお菓子を用意させたレティシアは、なるべく華美に見えないよう、深い青の地味な形のドレスを着て妹を待った。

(本当はジョアンナだけと会いたかったけど……まあそうもいかないわよね)

ジョアンナとのお茶会をセッティングしたが、十中八九、ヒロイン・アイリスも来るはずだ。

(彼女にはまず、私が敵対心など持っていないことを理解してもらって……昨日は色々あって、ロジックス様と接点を持ってしまったけど、まだモブの道は残ってるわ)

昨日のキスはレティシアもロジックスも黙っていればアイリスにバレることはない。

破滅エンドは絶対に嫌なので、そのフラグになりそうなことを主人公・アイリスに話すつもりは毛頭ないし、ロジックスにしても昨日の出来事をアイリスやジョアンナに話す必要がない。

つまり、二人が沈黙していれば問題なくスルーできるフラグなのだ。

ふと、「またあとで」と言われた声が耳の奥でこだまし、ソファに座ったままのレティシアは振り払うように首を振った。

（落ち着いてレティシア……あんなこと、二度とないんだから大丈夫）

当の本人は朝早くからマルト子爵と一緒に出かけていて居場所もわからない。

一体どこにいるのか。できればこのまま顔を合わせることなく今日を乗り切りたい。

レティシアとしては速攻でお茶会を終わらせ、特に何も思われることなくお帰り頂くのがベストだ。

今回、レティシアが滞在するポートエラルで起きている出来事は、恐らくアイリスと攻略対象二人の仲を深めるためのイベントだろう。どんなに記憶を探ってもこんなイベントはなかったと思うが、まあいい。

目下の目標はライバルの悪役令嬢ではなく、病弱で無害なモブとして認識されることだ。そうすればアイリスの前に顔を出す必要もなくなる。

加えてアイリスの思い人がロジックスでなければもっといい。

姿勢を正して座り直し、気合を入れ直していたレティシアは入ってきた妹とアイリスに大急ぎで立ち上がった。

「いらっしゃい。お待ちしてました」

「お姉さま！」

再会した時と同様、駆け寄ってきてレティシアに抱き着く妹を抱き締め返し、ソファに座るように促す。

同じようにソファに座ったアイリスに、レティシアはどんどん緊張してくるのがわかった。

（失敗したら……地獄しか待ってないッ）

笑顔が引き攣らないよう注意しながら、彼女はゆっくりとお茶を淹れるとアイリスに薦めながら話を切り出した。

「先日ははぐらかされてしまいましたが、本当のところ、『銀嶺』での妹はどうですか？　ちゃんと一人前に働けているのかしら？　アイリスさんにご迷惑をかけてません？」

「お姉さま！」

頬を染めたジョアンナが声を荒らげる。だが構わずに、レティシアは温かな口調を心掛けて続けた。

「私はずっと体調不良で……ジョアンナには随分と心配をかけてしまっていて」

「そんなことないわよ」

お皿からショートブレッドを一つ取り上げたジョアンナが熱心に告げる。

「私は好きでお姉さまのお傍にいたのよ？」

「ありがとう。でもあなたには、私に構わず若者らしくのびのび楽しく過ごしてほしいってずっと思っていたの」

視線を向ければ、ジョアンナはむーっと唇を尖らせてレティシアを見つめていた。

「若者らしくって、お姉さまも十分に若者じゃない」

「ええ、だから私もお目付け役のあなたがいないここでのびのび過ごしてるわ」

すまして告げれば、ジョアンナが「お姉さまったら！」とますます頬を膨《ふく》らませた。

そんな心配性な妹の前にもカップを置き、二人のやり取りを物珍しそうに見ていたアイリスに改めて向き直る。

ここでは姉妹仲が非常によく、自分は決してアイリスの恋路を邪魔するようなキャラではないという印象を与えておかねば。

「――……こんな妹ですけど……宜《よろ》しくお願いしますね、アイリスさん」

綺麗な紫色の瞳を見つめ、真摯に告げる。すると不意に、アイリスがにっこりと微笑んだ。

後ろにバラが咲くような可憐《かれん》な笑顔だ。

(ううわあああっ)

あまりの眩しさと可愛らしさに目がくらみそうになる。

それを必死に堪えて、なんとか笑顔を保っていると紅茶のカップを持ち上げ上品に口をつけたアイリスがしみじみと零した。

「ジョアンナは時折無茶《むちゃ》をしますが……それは全てお姉さまの為なんだと、今確信しました」

「……え？」

眩しさに悶えていたレティシアは意外な台詞《せりふ》に我に返った。

驚いて妹をみれば、彼女は行儀悪くソファの座面に足を引き上げ、ちょっと唇を尖らせたまま紅茶のカップを傾けていた。

「余計なことは言わなくていいわよ、アイリス」

そっぽを向いてぼそりと告げるジョアンナの台詞に、レティシアは目を瞬いた。

「それはどういう？」

小首を傾げて尋ねれば、アイリスは困ったようにちらりとジョアンナに視線を向けてからゆっくりと話し出した。

「『銀嶺』は国土防衛の他に治安維持にも貢献しているんです。警察機構が対処できない魔法関連の怪事件の解決に乗り出したり。私もジョアンナもまだまだ新人ですから、同期数名がサマースウェイト公爵閣下やマルト子爵様の下について働いています」

彼女の語る仕事内容に、レティシアはぴんときた。

そうだ、ゲームではその『怪事件』の解決がメインで、王都中を攻略対象と駆け回っていた。だがそれとジョアンナの無茶とどんな関係があるのだろうか。

「その王都での怪事件の中に……たまに不思議な薬を扱った事件があるんです。大抵が眉唾ものなんですけど……そんな中に、ありとあらゆる難病を癒す薬が出てきたり、幻の精霊薬《エリクサー》の話が出てきたりすると……」

ちらっとアイリスがジョアンナに視線を向ける。

「別にいいでしょう？　本当かどうかどうせ調査しなくちゃいけないんだから」

頬を膨らませて告げる彼女に、アイリスが「そうね」とすまして答えた。

「つまり……」

そんな二人のやり取りから推察したことを、レティシアがゆっくりと口にする。

「ジョアンナは……私の体調不良を治そうと……？」

そんなまさか、という気分だ。だがアイリスの言葉を裏付けるようジョアンナが口を開く。

「本当ならお姉さまが『銀嶺』に参加するはずだったの。お姉さまの方がずっとずっと魔力が高かったんですから！」

紅茶をテーブルに置き、ソファの上でクッションを抱えた彼女が熱心に続ける。

「だから……お姉さまのご病気の原因さえわかって治療できたら万々歳でしょう？」

身を乗り出すジョアンナに、レティシアは胸の奥が鈍《にぶ》く痛むのを感じた。

家族は皆、レティシアが魔力を失ったのは十五の誕生日に起きた花火の事故が原因だと信じている。

特に兄のセオドアは事故の後、真っ青になって落ち込んでいた。

彼はあのとき自分が花火の玉に魔力を注いで大きくしたことが原因だと泣きながら父伯爵に告白したのだ。

ちょっとした悪戯《いたずら》のつもりだったと。

若い頃にやりがちな、向こう見ずで危険な行動。

幸い、奇跡的にも怪我人《けがにん》はあまり出ず、その怪我人も伯爵家が真摯に対応をしたので大きな問題にはならなかった。

ただ一番の被害者がレティシアで、彼女の魔力が失われ、体調不良でずっと引き籠りを余儀なくされていることがセオドアの心に重くのしかかり続けていたのだろう。

申し訳ないと思いつつ、でもレティシアは本当のことを話せずにいる。

医者が診察に来たこともあったが、彼らの診断では「身体的には問題ない」というばかりだった。当然だ。魔力を人為的に封じているだけなのだから。

ただ高名な魔術師を呼んで調べられれば魔道具が悪さをしているとわかってしまう。なのでそこだけは回避した。

魔術師が来ると聞くと、レティシアは「伯爵令嬢なのに魔法も使えない落ちこぼれ具合を彼らに晒《さら》したくない、家名に泥を塗ることになる、それだけはやめて」と泣いて縋《すが》った。

おかげで魔力の流れが道具によって阻害されていると今のところバレてはいない。

そんな自分をどうにかして癒そうと兄が頑張っているのは薄々感じていたが、まさかジョアンナまでそう考えていたなんて。

物凄い罪悪感が腹の底から全身へと巡り、レティシアはひれ伏して謝りたくなるのをぐっと堪えた。

確かに家族を騙《だま》してはいるが、それももうすぐ終わるのだ。

主人公の親友の姉という圧倒的モブポジションを確立することができれば晴れてレティシアは本来の姿に戻ることができる。

そしてその日は彼らの休暇の終わりとともにやってくる……はずだ。

ロジックスとアイリスの関係が気になるが、レティシアが二度と彼等に関わらなければどうにかなる。

「……ありがとう、ジョアンナ」

だから今は、その妹の気遣いに最大限の感謝を表すべく、レティシアは立ち上がると、彼女の膝元にしゃがみ込み、クッションを抱えるその手を取った。

「その気持ちだけで充分よ。だから今後は無茶しないで」

「…………………はぁい」

（……納得してないわね）

妹の目に不服そうな色が過るのがわかり、溜息を吐く。

だが仕方ない。妹が突拍子もない行動をとるのを自分は制限できない。となると彼女に頼むしかないと、レティシアはアイリスを振り返った。

彼女はショートブレッドをかじりながら、じっと二人を見ていた。

溢《あふ》れ出《で》るヒロインオーラの中に、ほんの少し怪訝そうな色が混じっているのが気になるが、気を取り直してレティシアは笑みを浮かべた。

「アイリスさんからも、妹が無茶しようとしたら怒ってやってください。霊薬に頼らなくても、私は本当に大丈夫ですから」

そう告げてゆっくりと立ち上がる。途端、くらりと眩暈がした。いつもの立《た》ち眩《くら》みだ。

ふらりと傾いだ身体を支えるべく両脚に力を入れる。何とか踏みとどまり、ほっと身体から力を抜けば、じっとこちらを見つめるアイリスの瞳に気が付いた。

不思議な紫色の瞳が赤く色づいている。

（そういえば彼女達は国を護る優秀な『魔術師』なのよね）

レティシアが自らの不調の原因を探られないために徹底して避けてきた魔術師。

大昔に英雄王を支えた祖先に匹敵する魔力を持ち、国に認められた存在だ。

両親も確かに魔力が高いが、二人とも『銀嶺』には選ばれていなかった。そのため、レティシアの力が阻害されている原因に気付くこともなかった。だが精鋭の彼らには気を付けるべきだろう。

何かの弾みでレティシアの魔力封印に気付かれたらまずい。

中でもアイリスはヒロインだ。

ヒロインにしか使えない魔術があった場合、レティシアの魔力が封じられていることに気が付く可能性も出てくる。

今も、もしかしたらそんな人の本質を見抜く魔法が発動されているかもしれないのだ。

アイリスに最大限警戒しながら、レティーシアはさっさとここを退場することにした。妹と仲がいいアピールはできたし、霊薬なんか欲しくないとちゃんと宣言した。

今日のところはこれくらいで十分だ。

あとは。

「それにまさか公爵様が上役だなんて……そういうことは早く教えてほしかったわ」

頬に手を当てて首を傾げて見せる。アイリスがどんな反応をするのかこっそり確認すると、彼女の赤く色づいた瞳が心持ち鋭くなった気がした。

ぞくり、とレティシアの背筋を冷たいものが走る。

「サマースウェイト公爵はとても頼りになる上司です。私とジョアンナをいつも正しく導いて下さる。心から尊敬しています」

堂々と顔を上げて告げる、アイリスの笑顔には確かに尊敬と……何か別のものが混じっているようにレティシアには見えた。それは……レティシアに対する挑発のような、対抗心のような。

（ひぃいいいいい……）

やっぱり出会っていきなり抱き上げられて寝室まで運ばれたのはいけなかったようだ。

アイリスはロジックスが好き……とまではいかなくても気になっている、くらいなのかもしれない。

欲しい情報は手に入った。あとはさっさと退散するに限る。

「それじゃあ、あとは二人で楽しんで。私はちょっと疲れちゃったから戻りますね」

おほほ、と口元に手を当てて無理やり上品に笑い、そのまま退出しようとした時、アイリスから鋭い声が上がった。

「本当に霊薬は必要ないんですか？　ご自身の体調を治したいのなら……原因不明の病すらも治す、霊薬の最上級・精霊薬《エリクサー》が欲しいとは思いません？」

どこか探るような……かすかに切羽詰まった声。

振り返り、真剣な眼差しでこちらを見つめるアイリスに、レティシアは困惑した。

何故そこまで親友の姉の病気が気になるのか。やっぱり何か「見た」のだろうか。

（でもそれなら霊薬を薦めず、魔道具を外せって言うはずだし……）

彼女がどんな心境でそんなことを尋ねるのか、判断がつかない。ヒロインだから優しさもカンストしていて、モブになろうとしている自分に対しても、元気でいてほしいと思っているからなのか。

（まあ……主人公だしね……）

さあ、ここでどうするべきか。

不意にレティシアは自分の脳内に選択肢が現れるような気がした。

▽　彼女の提案を受け入れて妹に薬の調査に力を入れるよう命じる。
　　自分の病については気にしないでくれとやんわり断る。


（う……う～～～～ん……）

自分に対するアイリスの好感度は下げたくない。嫌われては元も子もないのだ。そもそもロジックス他、攻略対象がレティシアを追放するのはアイリスに酷いことをしたから。

仲が良好なら何の問題もない。

ならば。

「ありがとうございます、アイリスさん。確かに病を治せる薬があるのなら欲しいと思います。でも、その為に家族を……妹を危険な目にあわせるわけにはいきません」

ふわりと微笑んでみせる。

「それに、そんなに大変でもないのよ？　十五の時からだから……もう慣れっこですし」

ひらりと手を振り、だから心配するなと言外に告げる。

その様子に、アイリスが驚いたような顔でレティシアを見た。

「でも……ジョアンナは優秀で、薬の事件を探って見つけてこないとも限らないです。そうして、可能性があるのなら欲しくなるのが人間でしょう?」

かすれた声で囁くアイリスに、「優しい子だなぁ」という謎の感想を持ったレティシアは思ったままに続けた。

「それと引き換えに、ジョアンナを不幸にはできないわ。もちろん、あなたもね、アイリス。あなたはジョアンナの友人なのですから」

静かに告げて、今度こそと、レティシアは軽く頭を下げた。

「それでは私はこれで……何かあったらクラリッサに頼んでね」

二人に背を向けて居間の扉からゆっくりと出る。

背筋を伸ばしたまま廊下を行き、玄関ホールにまで来ると階段の手すりに手を置いてほーっと長く息を吐いた。

(つ……疲れた……)

猫を被るのは大変だ。しかも相手に好印象を持ってもらうための猫だ。五十匹くらい頭に乗せていたような重怠《だる》い身体を抱えて、レティシアは階段を上る。このままた引き籠りだが、仕方ない。

(アイリスの恋愛感情はロジックスに靡《なび》いていて、私に対する印象は少し悪い、ってところかしら。でもこの程度なら回避できそうだし……ていうかみんな早く帰ってくれないかな……)

よろよろと階段を上っていると、不意に背後から足音がして、振り返るより先に腰を抱かれるのがわかった。

「落ちそうですよ、マイレディ」

「ッ⁉」

甘い声が耳元でして腰を捻《ひね》って隣を見上げれば、意味深にこちらを見下ろす男がレティシアを支えたまま階段を上り始めた。

「公爵閣下⁉」

「大丈夫ですよ、レディ・レティシア。部屋の場所はわかっていますから」

意味深な囁きに、レティシアは「しまった」と胸の内で歯噛《はが》みする。クラリッサは階下の二人に付いている。紅茶とお菓子の準備を頼んでしまったのだ。

紳士二人は外出しているから部屋に戻るくらい問題ないと、考えた自分が浅はかだった。

二階にあがり、廊下を行きながらレティシアはどうにかロジックスを振り払う術を考える。だが、彼の方が一枚も二枚も上手で、レティシアの腰を抱いて離さず、手を取ってどんどん彼女の寝室へと歩いて行くのだ。

「エスコートは不要ですわ、閣下。わたくしは一人で部屋まで戻れます」

「あんなにふらふらしていたのに？　いえ、反論は聞きません。今日こそ、あなたを部屋の中までお送りしますから」

「結構です！」

間髪入れず断るが、かすかに目を見張ったロジックスはどこか楽しそうに笑い、ゆっくりと耳朶に唇を近寄せると低く囁いた。

「……灯台」

はっと身を強張らせて彼を見上げれば、金緑の瞳が妖しく輝くのが見えた。

(卑怯《ひきょう》なッ)

ばらされたくなければいうことを聞けということだろうか。

うぐ、と言葉に詰まる彼女を連れて、ロジックスは大股で廊下を行き、あっさりとレティシアの部屋の扉を引き開けた。

これ幸い、と身を翻してロジックスを押しやろうとするが、逆にレティシアの手を取った彼があっさりと彼女の部屋に侵入してくる。

流石に無礼だと口を開いた瞬間、ロジックスがひょいっと彼女を抱き上げ、大股で部屋を横切るとベッドの上にぽん、とレティシアを落としたのである。

「な、なにを⁉」

「顔色が悪い」

すっぱりと断じられて、レティシアは口をつぐんだ。確かに……体調はすこぶる悪い。それでも限界ではないことくらい、自分でも理解している。

「ご心配をおかけしましたわ、公爵閣下。でも今はだいぶ楽で……」

深呼吸を繰り返しながらゆっくりと起き上がる。それに逆行するようにロジックスがベッドに横になり、レティシアは衝撃を受けた。

「ってなにしてらっしゃるんですか⁉」

「昨日の衝撃的な出会いが忘れられなくて、どうにも眠れなかったものですから」

しれっと答える死神に歯噛みする。

「……出て行ってください。こんなところ誰かに見られたら……！」

ぴしっと寝室の入り口を指させば、肘を付いて上半身を起こしたロジックスが片眉を上げた。

「大丈夫だ。使用人は下の二人に付きっ切りだし、ハインは出かけている」

「そういう問題ではなくて――」

声を荒らげた瞬間、くらりと眩暈がした。思わずマットレスに手を突いて、ふらつく身体を誤魔化《ごまか》すも、目敏《めざと》いロジックスはレティシアの変化にあっさりと気が付いた。

「――……昨夜、ちゃんと眠れた？」

「……ええ、おかげさまで意識が持ちませんでしたから」

ほとんどブラックアウトだったと、苦く思い返しているとにんまり笑ったロジックスが身を起こし、レティシアの腕を掴んだ。

そのまま引き寄せてベッドに倒れ込む。

「閣下！」

悲鳴のような声が漏れる。だが彼は全く構う様子もなく、たくましい腕をレティシアの身体に回すと、引き寄せて横向きに抱きしめた。

「名前で呼べと何度言ったらわかるのかな、レティシア」

低く甘い声が耳朶を打ち、びりびりびり、と電撃が背筋を貫く。

身体から力が抜けかけ、慌てて彼の上着を掴めばますますロジックスが彼女を強く抱きしめた。

「そう……身体から力を抜いて……」

「っ」

するっと彼の手が宥めるようにレティシアの背中を撫でる。その動きに、熱いものが身体の奥に宿る気がして力を抜くどころではない。

ますます緊張するレティシアの身体に、ロジックスが耳元から吐息を吹き込むように囁いた。

「もっとわたしに身も心もゆだねて……」

乙女ゲーの世界ならとてつもなく甘美な台詞だが、死神から囁かれては恐怖しか感じない。

「む……むりです！　闇……ロジックス様には別の方が――」

例えばアイリスとか、という言葉を必死に飲み込む。アイリスの好きな人がロジックスだと決まったわけではない。それにしつこいようだがレティシアが望むのはモブだ。こんなことは言語道断なので他の方とやってもらいたい。

そんな切羽詰まったレティシアの台詞を遮るように、ロジックスの指先が唇に触れた。視線を上げれば、まじめな顔をした彼が、すっと細めた眼差しにレティシアを映している。

「別の方とは？」

探るような眼差しを前に、レティシアは唇を噛む。

（――ロジックス様もアイリスさんが気になってるのかしら……）

この二人がくっつくと、俄然レティシアの死亡率が高くなるのだが、それはあくまで自分が悪役令嬢だった場合だ。今は違う。ちょっと心証が悪いだけで直接二人の仲を壊したりはしていない。

（って、この状況がアイリスにバレたらまずいんじゃない⁉）

現在、ロジックスとオカシナ関係になっている。この状況を打破しなくては生き残る術がない。

「と、とにかく！　私達はこんなことをするような関係になってはいけないのです」

唇に触れる彼の指を無理やり引き離し、レティシアは腕から逃れるように身を起こした。

「こんなことって？」

「ひやっ」

だが諦めの悪いレティシアの死神は、同じように身体を起こすと素早く彼女の身体に後ろから腕を回した。そのまま首筋に唇を押し当てられる。

「んっ」

くすぐったいようなもどかしいような……身体の奥がざわめく刺激が走り抜け、頭が真っ白になった。

「こんな風に……触れあう関係？」

かすかに笑いを含んだ声がレティシアの肌をくすぐり、腰を撫でる手がゆるゆるとドレスの上からお腹の辺りにせり上がってくる。

下から上へ。胸の下あたりへと延びていく掌。

「……だめ……」

触らないで、と震える手を伸ばして悪戯をする彼の手を押さえる。

だが、代わりにロジックスはレティシアの耳に唇を押し付け、柔らかく熱い舌で耳殻をなぞり始めた。

「あんっ」

びくり、と身体が震え信じられないほど甘い声が漏れる。それに押されるようにロジックスは熱心に彼女の耳に愛撫《あいぶ》を繰り返し、濡れた音の合間に熱い吐息を吹きかける。

むずかるように首を振り、甘い拘束から逃れようと身を捩《よじ》るが、彼の両手は諦めを知らず強くレティシアを抱き込んだ。

「何がダメなのかな、レティシア。気持ちよさそうな声が出ているが？」

反らした喉のすぐそば、顎の辺りでくすくすと笑われ、かあっと首筋まで真っ赤になる。

（だめだめだめだめ……！　早くここから逃れないと……！）

レティシアの身体を絡めとり、甘い責めを施す腕から抜け出すべく彼の手首に触れる。だが彼は彼女の抵抗などものともせずに、レティシアの手を連れたままゆっくりとお腹の上を目指し、柔らかなふくらみに掌を押し付けた。

「っあ⁉」

ドレスとコルセットに包まれ、硬く守られているはずの胸を下からすくうようにして触れる。

「具合が悪いのにこんなに締め付けては駄目じゃないか」

話すたびに肌をくすぐる彼の唇に、喉をさらけ出しながらレティシアは必死に彼の手を掴んで引き離そうとした。

「今日は……お茶会があったから……」

「では、終わった今はすぐ外さないと」

首筋まできっちりと留まっているドレスの襟元。その隠しボタンを探り出したロジックスの指先が、器用に外していく。

「だ、ダメです！　本当に！　これ以上は！」

震えるお腹に力を入れ声を張り上げれば、背後から彼女を拘束する男がふっと小さく笑った。

「じゃあどうしたら君に触れるのを許してもらえる？」

一つ、二つ、三つ……じわじわとボタンを外され、甘い声が懇願するようにレティシアに囁く。

「君はわたしと『そういう関係じゃない』と言うが……どうしたらそうなってもらえるのだろうか？」

「あ、会ったばかりの女にこんなことをする紳士とは絶対にならないといえます！」

悲鳴のような声できっぱりと告げる。途端、ぱっと彼の手が離れ、レティシアはロジックスから距離を取るようにマットレスの上を這って移動した。

だらりと胸元がはだけ、視界の端で揺れる襟元を見つめながらレティシアは十分に距離を取ると背中をヘッドボードに預けながら後ろを振り返った。

見れば、肩を震わせて俯くロジックスの姿が。

かあっと真っ赤になり、レティシアはからかわれたのだと気付いた。

ずきりと胃が不快感を訴えて痛み、苦いものがこみ上げてくる。それを飲み込んでレティシアはきつく両手を握り締めた。

さすがレティシアを断罪する死神だ、危なかった。アイリス以外の女性はどう扱っても問題はないと思っているのだろう。

それに……今は違うが……レティシアは悪役令嬢なのだ。

いつ何時、彼に罪を糾弾されるかわかったものではない。

「……公爵閣下《ユアグレイス》」

いまだに俯き、肩を震わせるロジックスをひたと見つめ、レティシアは腹に力を込めた。

「確かに私は引き籠りの令嬢で、社交界では全く名が知られてません。よって私には気にするような評判もありません」

その言葉に、ロジックスの瞳が真剣な色を帯びる。それをひるむことなく見つめ返し、彼女は皮肉気に笑って見せた。

「……ああ、もしかして閣下はそんな私だから手を出しても問題ないとお考えなのかしら？」

その瞬間、ロジックスが目を大きく見開き、刃のような光が煌めくのが見えた。それは紛れもなく怒りで、レティシアはかすかに怯《ひる》む。

「……わたしが遊びであなたに手を出していると？」

じわり、と熱く焼けるような熱のこもった言葉に、レティシアの背筋を衝撃が伝う。だがそれを無視して、彼女は更に言葉を重ねた。

「……身近にとても膨大な魔力を持つ優秀な部下がいますね」

「……それがなにか？」

「あなたはその人が気になっている」

途端、ロジックスの顔に驚いたような色が過った。

（やっぱり……！　アイリスさんは特別なんだわ）

彼の反応に勇気をもらい、レティシアは先を続ける。

「魔力の量はそのまま貴族としてのステータスになると聞いています。ロジックス様はその方に……特別優秀なその方に、惹かれているのでは？」

アイリスの魔力は他の追随を許さぬくらい膨大だとゲームで語られていた。実際、王太子のハロルドが彼女に目をつける理由はそこにあったりする。

そこにロジックスが興味を抱いて、いつの間にか気になる存在になっていたとしても可笑《おか》しくない。

「アイリスはただの部下なのだが……君はわたしが誰かと関係を持っていながら自分にも手を出す卑劣漢だとそう言うのかな？」

鋭い金緑の瞳がじろりとレティシアを睨みつけ、彼女《かのじょ》はますます胃がきゅっと縮むのがわかった。

不快感が喉元にこみあげてくる。

だが言わなければ。

「……あなたにふさわしい方が身近にいらっしゃって想いを寄せ、そしてその方もあなたに想いを寄せている。そうではないのですか？」

は、と鼻で笑う声がしてレティシアはむっと眉を寄せた。ロジックスが大して面白くもない冗談を聞いたというような冷笑を浮かべるのが見えて、ますます胃が硬直する。

「誤魔化さなくても結構です。私には……わかりましたから。ですので、これ以上お二人の間を邪魔するわけにはいきません」

確信はないが二人の様子から多分当たりだろう。だとしたらなんとかするのがレティシアの運命《さだめ》だ。

それに、自分は悪役令嬢ではないので、二人の間を邪魔する人間にはなりえない。

アイリスにはロジックスを選んでほしくないのはやまやまだが（アイリスとロジックスが結ばれれば、自分のバッドエンドの確率が極めて高くなるため）、仕方ない。

（二人はお似合いだし……前世の推しだったし……）

何となく、胃が重くなる。

それを無視して、レティシアは笑みを浮かべて見せた。

「どうか私の……物語の外でお幸せになってください」

ぎゅっと胸元で両手を握り締め、二人の幸福を祈っていますというポーズをとる。

そんなレティシアをしげしげと見下ろした後、冷めた眼差しと表情を保っていたロジックスがゆっくりと身体を動かした。

ベッドから下りて部屋を出ていってくれるのか、と一瞬期待したレティシアは、次の瞬間獰猛な狼《おおかみ》にも似た笑みを浮かべた彼に、ベッドの上に押し倒されていた。

「⁉」

「それが君の主張だということはわかった。では次はわたしの主張だ」

言って、噛みつくようなキスをされる。

「んッ⁉」

驚いたせいで唇を閉じる暇がなかった。そしてそれを見逃すような男ではない。

ぬるりと熱い舌が歯列を割ってなだれ込み、逃げるレティシアの舌を絡めとる。くぐもった悲鳴がレティシアの唇から漏れるが、それがロジックスの何かを刺激したようで、素早く彼の手が彼女の背中に差し込まれて抱き寄せられる。

「君は何もかも誤解している。わたしには想いを寄せる相手などいないのだから」

キスの合間にロジックスが囁く。反論しようとするレティシアを、彼は再び唇を塞いで黙らせ、まだはだけたままの首筋から前身頃をずり降ろす。

「あっ……ダメッ」

唇を引き離し、拒絶を訴えようとするが、完全に上半身をさらけ出す格好になったレティシアは脱がされたドレスが引っかかって腕を動かせない。

その彼女のむき出しになったデコルテと、コルセットで押し上げられた胸の表面をじっくりと見つめられてレティシアは震えた。

どうしてそんな熱っぽい眼差しで見つめられるのかわからない。隠そうにも腕が動かず、顔を逸らしたレティシアは唇をかみしめた。

「ロジックス様……こんな真似をしては」

「君から結婚を迫られるかな？」

くすっと笑う気配がし、はっと身を強張らせる。

そんな卑怯な真似はしないと声を上げようとして、身を伏せたロジックスに胸元にキスをされた。

「んッ」

きつく吸い上げられて鈍い痛みが走る。そのあと、熱い舌が肌を撫でるのを感じてレティシアの身体が震えた。

何度もキスを繰り返し、時折柔らかく噛みつかれ、身動きの取れないレティシアの身体の奥に甘い痛みが溜まっていく。

やがてゆっくりとコルセットの縁から熱い指先が滑り込み、硬い生地に押しつぶされていた先端に触れた。

「あっ」

鋭い刺激に思わず声が漏れる。下腹部のある一カ所がきゅんと痛み、レティシアはうろたえた。

性的な知識は持っている。経験は持てなかったが、この世界を生きる淑女よりは色々知っているはずだ。

この後どうなるのか……。

(駄目！　流されたら絶対にまずいことになる！)

ロジックスに言ったことに嘘偽りはない。レティシアの物語の外で幸せになってほしいというのは本望だ。

だがどういうわけか彼はレティシアを陥落させることに熱心で、二本に増えた指が、敏感になって震える乳首を何度もこすり、指の間で挟んで捻ったりする。

そうする度にじりじりとした快感が腰の奥に溜まっていき、思考が甘く霞《かす》んでいった。

熱い吐息と唸《うな》り声のようなロジックスの声が耳元でして、レティシアは閉じかかっていた瞼を持ち

上げた。熱い唇が喉に噛みついている。

急《せ》くように、彼の手がドレスを更に押し下げようとするのに気付き、彼女はきゅっと目を閉じた。

彼は言った。

結婚を迫られるのか？　と。

それならば。

「本当に……本当にあなたは私と結婚する覚悟がおありですか？」

掠《かす》れた、でも鋭いレティシアの一言にはっとロジックスの動きが止まる。

そっと目を開けると、ゆっくりと身体を離したロジックスが、真《ま》っ直《す》ぐにレティシアを見下ろしており、その金緑の瞳が妖しく光っていた。

「今すぐに、とはいかないだろうな。だが時がきたら必ず」

きゅっとお腹の奥に鋭い痛みが走り、レティシアが大きく目を見開く。

（そ……それって一体どういう……）

動揺し、硬直する彼女をじっと見下ろしていたロジックスが、ゆっくりと近づいてくる。

彼の吐息がレティシアの赤く腫れた唇に触れ、甘やかな痺れがますます強くなっていく。キスされる、と目を閉じると、彼の低い声が耳朶を打った。

「今ここであなたを奪うのは我慢しよう。あと腐れない関係をわたしが望んでいるのだと勘違いされても困るしね」

はっと目を開けるのと同時に口づけられる。甘く、乞うような、激情を抑えて震えるような、それ。

長く柔らかなキスが続き、やがて唇を触れ合わせたまま、彼はそっと囁いた。

「これだけは伝えておくよ、レティシア。今は時ではないから引くが……必ずあなたを奪いにいくから覚悟して」

身体を電撃にも似た強い力が駆け抜け、レティシアは身体を引《ひ》き剥《は》がすロジックスを震えながら見上げる。落ちた髪を掻き上げ、彼はじっとベッドに倒れ込む彼女を眺め下ろす。

その瞳に揺れている感情が何なのか……高度すぎてレティシアには読み取れなかった。

ばくばくする心臓を抱えてぼんやりロジックスを見上げていると、彼の温かな手が伸び、レティシアの頬を撫でた。しばらく名残惜しそうに人差し指が肌をなぞり、やがて彼は立ち上がるとくしゃくしゃになっていた掛け布をそっとレティシアの上にかけた。

「ではまた」

ふっと甘く微笑んで、彼はゆっくりと部屋を出て行く。ぱたん、と扉が閉まる音を聞くのと同時にレティシアはどっと疲労が押し寄せてくるのを感じた。

（しかるべき時って……）

ざわり、と胸の奥がざわめきレティシアは再び高鳴る鼓動を抑えるべく深呼吸をする。

世界を締め出すようにぎゅっと目を瞑《つぶ》れば、先ほどまでのロジックスの言葉や態度がぐるぐると脳内を巡った。

こちらを見つめるロジックスの、熱に浮いた飢えた眼差しとそこから続く甘く……官能的な接触。

一体全体どうしてこうなっているのか。

（悪役令嬢のポジションは完全に回避したと思っていたけど……これはどういうことなのよッ）

瞼の上に腕を乗せて、呻き声をあげる。

彼はまるで……時期がきたらレティシアに結婚を申し込むのだと、そう言っているように見えた。

何故そんなことを言ったのか。しかるべき時とはなんなのか。

アイリスはロジックスに好意を持っていそうだし、ロジックスだってそうではないのか。もしかして新たなイベントとして、レティシアを交えた三角関係を構築する気なのか。

（絶対勝てないじゃないのっ）

胃の他に頭も痛くなってきて、レティシアはこれ以上考え続ければ頭が爆発する、と思考をシャットダウンする。

閉じた瞼の裏がぐるぐると回る眩暈の中、とにかくこれ以上彼と関わらない、徹底的に彼を避ける、それしかないと気持ちを強く持とうとした。

だがゲームの登場人物と強制的に絡んでしまったため、それは無理な相談なのだとこの後レティシアは気付くことになるのであった。

◆◇◆

やっぱり彼女が欲しい。

廊下の窓から外を眺め、ロジックスは先程までの触れ合いを思い出す。

それと同時に彼女から突き付けられた言葉を反芻《はんすう》していた。

（結婚か……）

ふと、口元の緩んだ自分がガラス窓に映っている気がして、ロジックスは慌てて気を引き締めた。

結婚、という単語がこうも魅力的に思える日がくるとは思っていなかった。

銀嶺に所属してはいるが、公爵でもある。家を守るために跡継ぎが必要で、いずれは自分も慣例に従って結婚するのだろうと思ってはいた。

その相手についても漠然と、家柄のよく気品があり、如才なく社交界を立ち回れる令嬢がいいと。

だが自らが惹かれ、結婚を考えたいと強く願った相手は百八十度違っていた。

周りから助けられてきたので、今後は自分一人で何でもできるようになりたいと語り、畑を耕すのだと息巻いていた。病で魔力が無くなり社交界には一度顔を出したきりで謎めいていたランズデール伯爵令嬢。

ジョアンナ部下《ぶか》が熱心に語るので、一体どんな人物だろうかと気にはなっていたが、まさかあんなに型破りな人物だったとは。

（療養生活が身体にあっていたのか……それとも……）

ふっと最初に対面した時の彼女の様子を思い返す。

身体の線は細く、肌は真っ白だった。灯台で管理人をしていると告げた彼女は、一見栄養の足りていない平民の娘に見えた。

柔らかく綺麗な手をしていなければ。

全体的に華奢《きゃしゃ》でひ弱そうに見えたが、ベッドの上にいた彼女は青白い頬を赤く染め、意志の強そうな赤い瞳に真っ直ぐ、ロジックスを映していた。

ふっくらした唇は桜色で、何度も口付けた所為か真っ赤に染まっていた。

(元気になってきたというところか)

触れた肌の熱さと鼓動を思い返し、ロジックスは身を翻す。

ただこのまま彼女と親しくなるのには問題があるのも事実だ。

そのことについてあれこれ考えていると、廊下の向こうから歩いてきたアイリスに「閣下」と呼び止められた。

「なんだ」

「……本当はどうなのですか?」

こちらを見上げる紫の瞳に眉を上げる。

「本当、とは?」

先程までのレティシアの様子と、懸念を胸に抱いたまま食えない笑顔で返せば、アイリスがイライラした様子で腕を組んだ。

「わかってらっしゃるくせに」

自分たちがどうしてこの地に来たのか。

それをアイリスは「思い出せ」と言っているのだろう。

だが聡明《そうめい》な部下に言われなくてもロジックスもその件に関しては考えている。不機嫌そうな彼女に肩を竦め、彼はぽんと、部下の肩に手を置いた。

「まだ今は何とも。だがわたしは……そうだな、レディ・レティシアが気になる」

思い出し笑いというなんとも自分に似合わないことをすれば、アイリスがきゅっと眉間に皺を寄せた。

「それは私もです、閣下」

疑うような鋭い色が濃く、彼女の表情に現れる。それに対して、ロジックスは首を振った。

「君が考えるような『気になる』ではないいんだがな」

「……ではどういう？」

それ以外に何があるのかと、そう訴えるアイリスに、ロジックスは言葉を飲み込んだ。

公平に考えるのなら、アイリスが言う意味でも……レティシアは気になると言わざるを得ない。

「まあ、なんにせよ、調査は継続だ」

「……わかってます。その件でお話が」

ぐっと胸をはるアイリスに、彼は上司の顔をすると鋭く答えた。

「では、向こうで聞こうか」

第五章　直面する危機

ゲームからやってきた主要キャラたちの滞在を、レティシアは三日か四日程度だと考えていた。全員仕事を持っているし、忙しいはずだとそう考えたのだ。

そのため、例の「お茶会」から体調不良を理由に引き籠りを決めていた。

その間、妹と死神からの熱心な訪問を受けたが、優秀なクラリッサがドア前で侵入を阻止。おかげで私室には彼等からもたらされた大量の花やお菓子、滋養に良いとされる果物や料理、お酒が所狭しと並ぶことになった。

だがそれももうすぐ終わる。

五日も待つことはないはずだ。

それだけを胸に、レティシアはベッドの中やソファの上で具合の悪い身体を誤魔化しながら過ごした。

だが、四日目の昼間になっても客人が暇を告げに来ない。

風に当たるべくベランダに出て、屋敷の南に広がる庭となだらかに下る丘、海岸線、港町を眺めていると、屋敷から出てきたジョアンナが庭木の下に毛布を敷いて寝そべり、アイリスと談笑を始めた。

それを見てレティシアはようやく気付いた。

ゲームでは長々王都を空けるようなことはなかったが……レティシアが悪役令嬢回避を目指しているこの世界では……該当しないのかもしれない。

（希望的観測すぎた……）

こうなってくるといつまでも彼等と顔を合わせないわけにはいかない。

レティシアがここに居るのは療養のためで、つまりはたまには元気な様子も見せないと体調が改善していないと判断したジョアンナから両親に連絡が行き、王都に戻されるかもしれない。

五日目の朝。レティシアは覚悟を決めた。

今日は確か港町の市で植物の即売会が行われる。

どうしても欲しい、大豆の苗。

醤油を作るのに一体どれくらい必要なのかわからないが、そもそも収穫してすぐに作る気はない。

最初にここの気候で育つのかを調べ、どれくらいの収穫が見込めるのかを確かめる。そこから少しずつ畑を改良して収穫量を増やしていくのだ。

そのためにも初夏の内に苗が欲しい。

海辺の街にはたくさんの品物が集まってくる。だが評判のいいものばかりが集まるとも限らないのだ。

今回の種子や花々の販売は、有名な商会が開催するものなので、レティシアとしてはだいぶ前から注目していた。

ジョアンナやアイリスが農業に興味があるとは思えないが、街には喜んで行くだろう。

（まあ……誘っても来ないかもしれないし……）

ジョアンナはきっと来るだろう。だがアイリスは……。

（もしかしたら、アイリスさんとロジックス様を二人きりにした方がいいかしら……？）

私室で朝食を取った後、レティシアは自分で調合した『魔力を放出する薬』を飲む。

この五年、ただ漫然と過ごしてきたわけではない。

自分が持つ本来の魔術《スキル》の中に、『鑑定眼』というものがあった。

植物や鉱物などが持つ秘めた力が見えるのだ。

それをこっそり駆使して、体内に溜まる余分なものを排出する薬を調合すべく、魔力を吸着する効果のある毒草を見つけて、解毒薬と合わせて何度も実験を繰り返した。

そうしてやっと、自身の体調を一時的に改善させる薬を作り出したのだ。

半日は諸症状に悩まされることなく元気に過ごせるそれは、副作用があった。次の日、反動により倍くらいの疲労で寝込むことになるのだ。

諸刃《もろは》の剣だがスローライフのためにどうしても大豆は欲しい。

貴重な半日を有意義に使うために、レティシアはゆっくりと階下の食堂へと向かった。

朝食を摂っていた二人に声を掛ければ、予想通りジョアンナは港町に行くことを二つ返事で了承したが、驚いたことにアイリスも付いてくるという。

意外に思いながらも用意した無蓋の馬車に乗り込む頃、ぶらぶらと歩いてきた男性にレティシアははっと目を見張った。

（あれは……！）

「おや？　女性陣は街にお買い物ですか？」

「マルト子爵」

驚いたようにジョアンナが声を上げた。

ロジックスとは真逆の、柔らかい雰囲気を持つイケメン子爵がにこにこ笑いながら歩いて来る。

青色の瞳にふわりとかかる金色の髪。長い手足の動きが気品に満ちて見えるのは……彼が王太子・ハロルドだと知っているからなのか。

「マイロードもご一緒しませんか？」

そんなことをぼんやり考えていると、ジョアンナが無邪気に尋ねる。

彼もいっしょに行くとなるとハインとアイリスのイベントに発展する可能性がある。二人にはどんなイベントがあったか高速で考えていると、目を輝かせたハインが弾んだ声で答えるのが聞こえてきた。

「料理がものすごく美味しい店を知ってるんだが……行くかい？」

「行きます！」

はいっと挙手するジョアンナに思わず、という感じでハインが噴き出した。

「いいだろう」

それからふとレティシアに近寄ると、綺麗なお辞儀をした。

「レディ・レティシア。今日はお元気そうですね」

春の日差しのような柔らかな雰囲気と、きらきらしたオーラを間近に浴びて、たまらずレティシアは一歩後退ってしまった。

「ごきげんよう、殿《でん》――……ロード・マルト」

殿下、と言いかけ舌を噛む。誰も気付いてなければいいがとひやひやしながら彼を見上げていると、ハインは少し目を見張った後、空いた距離を縮めるように踏み込み、レティシアの右手を取るとその甲に口付けた。

一気にレティシアの中の危険度が上がる。

「堅苦しい呼び名はなしで。ハインで構いませんよ」

にこにこと微笑んで告げる彼は、いまだレティシアの手を離さず、その甲をゆっくりと親指で撫でている。

「ご……ご挨拶が遅れて申し訳ありません、ハイン様。しばらく体調が……優れなくて」

「事情はジョアンナから聞いてましたから問題はありませんよ。今日は大丈夫なのですか？」

手を取ったまま馬車へとエスコートするハインの目が、ほんの少し探るような色を帯びた。

まあ、そうだろう。出先で体調を崩されても困るだろうし。

「お気遣いありがとうございます。今日はいいお天気ですし……ずいぶんと調子がいいので」

ステップを登り、馬車へと乗り込めば、ハインはするりとレティシアの隣に滑り込み、にこにこ笑う。

屈託のない様子に大抵の人は油断するが、レティシアは彼が王太子・ハロルド殿下だと知っているし、彼が欲しいものには貪欲で、人畜無害を装って近づき、仕留めることを知っている。

アイリスに害をなす存在だと認定されたゲームのレティシアは、国外追放の憂き目を見た。

どきどきと不安と緊張から動悸が激しくなり、それを抑えるように深呼吸しながら考える。

(今初めて会ったばかりで敵認定されるわけがないわ……落ち着け、レティシア)

それに殿下も攻略対象キャラなのだ。欲しいものがあるとすればアイリスだろう。

(アイリスの思い人がなんとなくロジックス様に傾いている気はするけど……ハロルド殿下の可能性もあるし……)

とりあえず、隣に座っていちゃいちゃべたべたするのがゲームのレティシアのやりそうなことなので、次に乗り込んでくるアイリスの為に、レティシアは素早く座席を正面に移動した。

少し驚くハインに、扇を口元に当てて誤魔化すように笑えば、乗り込んできたアイリスはあっさりレティシアの隣に腰を降ろした。

これには少なからず驚いた。

てっきり隣に来るのはジョアンナだと思ったのだ。

(……ま、まあでも未婚の女性が男性の隣に座るのは外聞が悪いか……しら?)

でも今はレティシアがお目付け役のようなものだから、そこまで気にする必要もないのでは……?

「私がお姉さまの隣に座りたかったのにぃ」

不意にジョアンナの拗《す》ねたような声がして、レティシアははっとする。視線を遣れば、唇を尖らせたジョアンナが座席を見上げている。

「あら、じゃあ反対側から乗ったらいいわ」

アイリスがすまして答えれば、ぱっとジョアンナの顔が輝いた。

「そうね！　そうする！」

「おいおい……わたしの隣はそんなに不満かな？」

苦笑するハインにアイリスがつんと顎を上げた。

「無蓋の馬車とはいえ、未婚の女性がマイロードのように美形の紳士の隣に座るのは問題がありそうです」

「そんな堅苦しい……」

ハインが眉を下げ、同意を求めるようにレティシアに視線を向ける。

何と答えるべきかと、曖昧な笑みを浮かべていると。

「そうだよ、アイリス。ここには社交界の口うるさいご婦人はいないんだから」

すぐ隣から低く……笑みを含んだ甘い声がして、レティシアの身体に衝撃が走った。

ぱっと隣をみれば、レティシアが座る側の扉が開き、長身でしなやかな体躯《たいく》の男性――ロジックスが乗り込んでくるところだった。

（な……!?）

唖然として目を見張るレティシアをよそに、彼はあっさりとレティシアの隣に身体をねじ込んでくる。

慌てて場所を開けるべく座席を詰めれば、玉突きで反対側のドアの際まで寄ったアイリスがひんやりした声を出した。

「あとからいらした閣下こそ、ハイン様のお隣に座られるべきなのでは？」

「どうしてわたしが男の隣に座らなければならない。しかもこの腐れ縁の男の隣に」

決して狭くはない馬車だが三人並んでベンチに座ればぎゅうぎゅう詰めになる。

肩や腕、膝が触れないように必死に身を縮こませるレティシアだが、ロジックスはお構いなしに悠々とレティシアの隣に陣取った。

「幼馴染みとお伺いしておりますが」

冷たい声が右隣りからして、レティシアは己の血が冷たくなるような気がした。

「それが腐れ縁だというんだよ」

左隣からは軽やかで甘い声が。

レティシアの死神がひょいっと下から顔を覗き込んでくる。

「わたしが隣では不満ですか？　マイレディ」

（ものすごく不満しかないですッ）

右隣の冷気の正体が何なのか非常に気になる。ロジックスがレティシアの隣に座ったことでアイリスが不機嫌になっている……という可能性は捨てきれない。

「あの……アイリスさん、狭くはありません？　お隣はジョアンナがいいのではないです？」

どんな表情なのか物凄く気になる。ぎこちなく振り返り、多少引き攣った笑顔で尋ねれば。

「構いません」

冷え切った表情と同等の一言が返ってくる。

（こ、これはもう逃げ出した方がいいのでは……!?）

目の前には広々としたベンチに一人、興味深そうに自分達を見渡すハインの姿が。再び彼の隣に戻るのは外聞が悪いとわかってはいるが、死神とヒロインの間に挟まっているのよりはましだろうと腰を浮かせかけた。

（!?）

その瞬間、大きく膨らんでいるレティシアのドレスの襞《ひだ》に隠れるようにロジックスの手が動き、くっと太ももの辺りを押される。

沢山の布地が彼の手とレティシアの肌の間にあるというのに、なぜか熱いものが触れたようにレティシアがびくりと身体を強張らせた。

その一瞬の躊躇《ちゅうちょ》の間に。

「お姉さまの隣は私がいいのにぃ」

唇を尖らせたジョアンナが馬車に乗り込んできてハインの隣に収まった。

レティシアが向かいの座席に座るには、先ほどのロジックス同様無理やり身体をねじ込む必要があるだろう。

「わたしの隣は不満なのかい、ジョアンナ」

ハインが情けなく眉を下げて見せる。その様子にすました顔でジョアンナが答えた。

「お姉さまの隣以外は誰でも不満です」

さ、行きましょう！

何か言いたそうなハインをよそに、ジョアンナがさっさと合図を出す。ゆっくりと馬車が動き出した。

ポートエラルの街に着くまで、馬車の上で賑やかな会話が始まる。

本当はジョアンナとアイリス、ハインやロジックスの会話から彼らの仲がどうなっているのか、それとなく調べる絶好の機会となるはずだった。

だが、レティシアの席移動を阻止した彼の手がまだ、太ももの横辺りに触れていて落ち着かない。

特にいやらしく触るというわけでもなく、かすかに指の背が触れている。それも大量の布越しだ。

気にする方がおかしいのかもしれないが、それでもレティシアは気になって仕方がない。

ぎゅっと太ももの辺りで両手を握り締め、身動きの取れない中、適当に相槌《あいづち》を打って過ごす。

この状態で唯一わかったのは、『上司に対してアイリスとジョアンナは気安く接してはいるが、きちんと尊敬している』ことだった。

上流階級の紳士と淑女の交流よりももっと仲が良いが、礼儀が無いわけではない不思議な関係。

（部活の先輩後輩みたいな感じなのよね……）

ふと、前世の記憶が脳裏にひらめき、レティシアは小さく微笑んだ。

一つの目標に向かって切磋琢磨《せっさたくま》する関係。時に年功序列は関係なく、実力主義でレギュラーを勝ち取ったり、裏方に徹したり。

『銀嶺』という特殊環境の中で生まれた関係性なんだなと、その外にいることを選んだレティシアはどこか懐かしく思う。

今現在、レティシアには仲のいい友人もやるべき定めもない。あるのは悪役令嬢としての断罪を回避し、スローライフを送るという目標だけ。

（そうよ……目の前のきらきらした人達がいなくなった後、自分なりの世界を構築すればいいんだわ）

妹は『銀嶺』でうまくやっていけそうだし、伯爵位は兄が継ぐ。レティシアに求められているのは平穏無事な生活くらいだろう。

（色んな畑を作って……前世の料理を研究して……少しずつ街の人と仲良くなって、ゆくゆくは小さな食堂なんか開いたりして……）

うふふ、とこっそり微笑んでいると不意に、かすかに触れるだけだった彼の手がするっと太ももを撫でるのを感じてはっとする。

「レディ・レティシアはどうするのですか？」

「へ？」

低い声がして夢から覚めるように現実に戻ってきたレティシアは、先程と同じようにこちらを覗き込むロジックスに目を瞬く。

申し訳ないが何一つ聞いてなかった。

ちらっと前に座る二人に視線を遣れば、ジョアンナは期待に満ちたきらきらした表情でこちらを見つめているし、ハインは変わらぬ笑顔だがどこか……探るような視線でこちらを見ている。

適当な答えを言うわけにはいかず。彼女はこほんと一つ咳《せき》ばらいをした。

「ごめんなさい、聞いてませんでしたわ」

「これからの予定よ！　私とアイリスは輸入雑貨のお店に行ってみようと思うんだけど、お姉さまもどう？」

「ああ、私は……」

ロジックスとハインの予定を聞いていない。被ったら一緒に行こうなどと誘われそうだが、種子植物の市に二人が行きたがるとは思えない。

「街に珍しい植物や種を扱う市ができているはずなの。だからそこに行ってみようかなって」

告げた瞬間、太ももに触れていたロジックスの手がぴたりと止まる。思わず振り仰げば一瞬だけ奇妙な表情をするロジックスが見えた。

（え……？）

だがそれも瞬きをする間に消え失《きう》せる。

「レディ・レティシアは園芸にご興味が？」

ハインの声がして、我に返った彼女は正面を見た。にこにこ笑う彼がこちらを見ている。

「そうですね。私自身、こんな身体なので外出もできず……色んな地方の珍しい草花や果実を見たり楽しんだりするのが一種の趣味みたいになってしまって」

オカシナことは言っていない。そもそもロジックスと初めて会った時に大豆を育てたいと公言している。

何かを考え込むように目を伏せるロジックスを横目に、流石に「大豆を育てて醤油を作りたいです」と妹や客人の前で言えず、誤魔化すように続けた。

「体力がつき次第、私も花を植えたりしたいなって。そのために、まず自分でどんなものがいいのか確かめたいんです」

言った後、何故かその言葉がその場の空間になじまず、馬車の床にすとんと落ちるような気がした。

一瞬だけ満ちた不可解な沈黙。

「なら私も一緒に行ってお姉さまに合うお花を選びたいわ」

それを破ったのは、屈託ないジョアンナの言葉だった。ぎこちなく止まりそうだった時が再びゆっくりと巡り出す。

「あらでも、ジョアンナは花の名前を聞いただけじゃどんなのが咲くのか全くわからないじゃない」

かすかにアイリスが身を乗り出す。

「私の名前の花がどんなものか、あなたわかる？」

からかうような口調に、うっとジョアンナが言葉に詰まった。

「それは……そうかも」

「レティシア様は真剣なのよ。あなたは私と一緒に他国の珍しい商品を見て回るの」

つんと顎と上げて告げるアイリスに、レティシアは安堵《あんど》した。さすがはヒロイン。空気が読める。

はぁい、としょんぼりと肩を落とすジョアンナとは対照的に、低く自信に満ちた声がする。

「わたしはレディの邪魔をしないと誓うが？」

からかいを含んだそれに、レティシアは唇を噛む。ジョアンナよりももっと厄介なのがこの死神だ。

できれば首を突っ込んでほしくない。

「ロジックス様とハイン様もそれぞれ港町に何かご用があってこの馬車に乗られたのでしょう？　そ

ちらを優先してください」

とりあえず牽制《けんせい》してみると、ロジックスが意外なほどあっさりと肩を竦めるのがわかった。

「どうやらレディ・レティシアはお一人で行動されたいらしい。だが伯爵令嬢が侍女もつけずに歩き回るのは感心しませんね」

「平気ですわ。キッチンメイドが一人先に街に行ってますので、あとから合流する予定です」

「じゃあ、レディ・レティシアのお買い物が終わった後、みんなで食事にしないかい？　ほら、美味しいお店があるって言っただろう？」

そこにいこうよ、とハインが名案に瞳を輝かせ、レティシアは溜息を呑《の》み込《こ》んだ。このまま市での買い物をさっと済ませてメイドと一緒に帰れれば、このイベントでのレティシアの役目は終わりだと思ったのだ。

だがこれでは食事会とやらでまた何かいらぬ出来事が起きてしまう。もちろん、レティシア抜きなら何の問題もないのだが……。

（どうやって……上手く断れば……）

あからさまに嫌だとは言えない。何かうまい断り方はないものかと、じりじりしながら考えていると、ゆっくりと馬車が止まった。

いつの間にかポートエラルに着いていたようだ、

「じゃあお姉さま、後でね」

「え？」

答えるより先に、ジョアンナがひらりと身軽に馬車を降りた。次いでアイリスが笑いながら馬車を降りていく。

「わたしは海の方を見てこようかな」

ハインがのんびりと馬車を降り、残されたロジックスがゆっくりと立ち上がって地面に降り立ち、ステップに足を掛けるレティシアに手を差し出した。

「……あなたがメイドに会えるまで、エスコートしても？」

じっとこちらを見つめる金緑の瞳が、内側から宿る熱をともして揺らいでいる。断るのは許さないと言外に訴えられて、レティシアはかすかに頷いた。

「では……お願いします」

差し出した手を、酷く熱い掌が包み込み心臓が跳ね上がる。流れるように彼女の手を自らの腕に絡めたロジックスがレティシアを伴って歩き出した。

「その植物市というのはどの辺りで開かれるのですか？」

石畳の道を歩きながら、ロジックスが何気なく尋ねる。早朝から続く活気が、今やっとひと段落し、お昼前ののんびりした空気が周囲に漂っている。

店の軒先に据えたベンチで語らう老人達や、連なった住宅のバルコニーで洗濯物を干す主婦などがちらほら見える。

「市は中央広場で開催されているはずです」

街の入り口で馬車を待たせたのは、広場に続く道が細く狭いせいだ。海からの侵略者をおいそれと通さないように、道は狭く曲がりくねっている。

平和な今はいくつか大通りを作って王都までの輸送がしやすいようになっているが、そちらは頻繁に馬車が行き来するため、レティシア達のような観光客には面白みのない通りになっていた。なので、街の入り口辺りで馬車を降りて散策するのが基本になっていたりする。

「どんな庭園にしたいとか、プランはあるのですか？」

どうしてアイリス達と一緒に行かず、白分と行動を共にすることにしたのだろうと内心首を傾げていたレティシアは、ロジックスの質問に特に考えることなく答えてしまった。

「先ほどは思わずああ言いましたけど……前にお話しした通り、私は大豆を育てたいんです」

はっとロジックスが目を見張る。

「ではあの時言っていたのは……本気だったんですね」

「当然です！　嘘を言ってると思ったのですか？」

思わず憤慨した様に告げれば、彼がふふっと何かを思い出したかのように笑った。その笑顔にレティシアの目が奪われる。心から楽しそうな……彼の笑み。

「まさか本当に伯爵令嬢が畑を所望しているなんて思いませんでしたので……非礼を詫びます」

どこか丁寧な口調で謝られて、レティシアはいたたまれなくなる。そりゃそうだ。普通、伯爵令嬢が畑を耕すなんてありえない。

「……私は社交界に出る気はありません！、夫を捕まえようとも思ってません。身体を治して、自分の好きなことをして過ごせるようにしたいのです」

「その一環が畑づくり？」

そっと低く尋ねるロジックスの声音に、レティシアは怯まず、力強く頷いた。

「その通りです」

「……本当に……社交界に戻る気はないんですね……」

レティシアの覚悟を見て取ったのか感心したようなロジックスの声がする。だから何度も言ってるじゃないかと半分呆れながら、レティシアは肩を竦めて見せた。

「十五で魔力を失ってから、私はずっと人目に付かない、最低限の生き方を目指してきました。誰の……邪魔にもならないように。今後もそれを全うするだけです」

これが掛値のないレティシアの本音だ。特に今目の前にいる人達と関わる気はなかったのだが……それは言わない。

とにかく放っておいてほしい、を力説すれば、ロジックスがかすかに溜息をもらすのがわかった。

「……その中でもし……一緒に生活をしたいと望む人が現れたらどうする？」

「望むことはありませんわ」

「違う」

ぴたり、とロジックスが足を止めぐっとレティシアの腕を引く。くらっと傾いだ彼女の身体に腕を回して抱き寄せ、顔を上げる彼女の瞳を真上から覗き込んだ。

「……君と一緒に居たいと願う人が現れたらどうするんだと、言ったんだ」

どきり、とレティシアの胸が高鳴る。目を見張る彼女にロジックスがゆっくりと顔を近寄せた。

「君の隣に居たいと……君を護りたいと……そう願う人が現れたら……君はどうするんだ？」

低く甘い声がどこか懇願を含んで響き、レティシアは眩暈がした。

「そ……そんな人は……現れません……」

自分は屋敷の人間とここの人間としか関わる気はなかった。自分から手を伸ばさない限り、接点を持つ人間など現れるはずもなかったし、ましてや色恋に関わることなんか万に一つもなかった。なかったのだ。本当に。

「レティシア……」

甘い声が名を囁き、お腹の奥で数百羽の蝶が一斉に羽ばたくようなすぐったさを覚える。意に反して身体が震え、熱い指先が顎に触れた瞬間、堪《たま》らずレティシアは視線を逸らした。

そして、視界の先に屋敷のキッチンメイドが裏の通りへと曲がっていくのが見えた。

「ヘレンだわ」

そっとロジックスの胸を押し、両腕の囲いから抜け出す。レティシアは視界から消えかかるメイドを追うべく身を翻した。

「ありがとうございました、ロジックス様。あとは一人で大丈夫です」

伸ばした彼の手をすり抜け、早足で歩きだす。後を追ってくるだろうかと身を固くしていたが、そんな気配はなかったため、ほっと安堵した。

（少し……無礼だったかしら）

ヘレンを見失いたくなくて、レティシアは周囲を気にせずどんどん奥の道へと進んでいく。正直、ロジックスが何故そこまでレティシアに執着するのかわからない。

ロジックス・スタンフォードといえばどんな相手でも選びたい放題のはずだし、ましてやすぐ傍にはあのアイリスがいるのだ。

以前、ロジックスは彼女を『部下だ』と言っていた。特別な感情はないと。

だが、アイリス側はそうではないと思うのだ。

馬車に乗っていた時も突き刺すような……冷たい空気を感じたが、あれはレティシアに対して嫉妬のような感情を抱いたからだろう。

（ヒロインが攻略対象のロジックスを選び……そのロジックスは部下だとしか認識していない……なんてある？）

たとえ現時点でそうだったとしても、そこから恋愛に発展するはずだ。

それがヒロインというものだ。

その中で、本来の悪役令嬢ならロジックスを獲得するために躍起になって彼と同じ場にいられるよう画策し、その結果、ロジックスとレティシアが仲よく見える可能性はある。

だがレティシアは悪役令嬢にならないように振る舞っているのだ。

彼に恋愛感情を持たず、避けようとしている。

それなのにロジックスはレティシアにキスをし、触れ、懇願するのだ。

そんなシナリオはどこにもなかった。悪役令嬢はいつだって相手にされないか、軽くあしらわれるだけだったはずなのに。

そんなことを延々と考えていたせいで、レティシアはいつの間にか自分が薄暗い路地裏に迷い込んでいることに気付かなかった。

強引に手首を引っ張られて、その強さと痛さにようやく非常事態だと悟る。

「痛ッ」

ぎり、と後ろにねじり上げられて喉から声が漏れた。

「お前はあの女の知り合いか？」

振り返れば無表情にこちらを見下ろす、ガタイのいい男性がレティシアの手首を掴んでいた。黄色っぽい髪を後ろで縛り、無精ひげが頬と顎にまばらに生えている。

腕を掴む手は強く、骨格もしっかりしているのになぜか目の周りが落ちくぼみ、頬がこけ、表情というものが欠落していた。手首を掴む手は、ロジックスの配慮あるものとは違って無遠慮で冷たい。

「あの女とは？」

何も考えずにこんな所に来てしまった自分の浅慮を呪いながら、なるべく威圧的に見えるよう自分を掴む男を睨みつける。だが、相手の目は黄色く濁っていて視線が合わない。

途端、なんだか知らない怖気《おぞけ》が身体を走った。

「あの女はあの女だ……俺達に売りに来るあの女だよ」

（……売りに来る……？）

何をだ？　まさか……。

「お高くとまりやがって……今日じゃないと駄目だと言ったのはお前達の方だろう？」

ぎりっと掴む手にますます力が籠もり、冷たい汗が背中を伝っていく。

「早く寄越《よこ》せ……もう一刻も我慢できないんだよ！」

そのまま強い力で引っ張られ、レティシアは湿った石畳の上に乱暴に押し倒された。

「どこにある⁉　どこに隠し持ってる⁉　ここか⁉」

手が伸び、レティシアのドレスの身頃を掴んだ。夜会用とは違うが、肩や首を全部覆ってしまっては暑いのでデコルテ部分が開いていた。その開いた襟ぐりを引っ張られたら胸元がはだけてしまう。

「やめてっ」

慌てて相手の頬に力いっぱい平手打ちを食らわせれば、濁った瞳に一瞬だけ剣呑《けんのん》な光が過った。

残忍で獰猛で……狂気に満ちた光。

次の瞬間、男が口角泡を飛ばし、獣のような咆哮《ほうこう》を上げてレティシアのドレスを引きちぎった。

どこにそんな力があるのかと、仰天する間もなくコルセットに伸びた手がレティシアの胸を乱暴に掴む。

「ここか⁉」

「いやあっ」

痛みと嫌悪感が襲い掛かり、悲鳴と同時に再び手を振り上げた瞬間。

ごおっという唸《うな》るような轟音《ごうおん》と同時に強風が吹き、自分の上に乗っていた男が軽々と吹っ飛ばされた。そのまま路地裏にひしめく建物の壁に激突する。

唖然として見つめていれば、瞬く間に巻き上げられたなにかが彼の身体に向かって矢のように飛んで行った。

ガラスの破片やレンガの欠片。そういったものが迫り来て、男は悲鳴を上げた。

それらは綺麗に身体の際に突き刺さり、彼はがたがたと震え出した。

「大丈夫か⁉」

呆然《ぼうぜん》とその様子を見つめていたレティシアは、一分もしないうちに相手を壁に釘付けにした存在に引き寄せられ、力一杯抱きしめられて目を見張った。

「ロ……ロジックス様……」

「何をされた⁉　触られたとか、キスされたとか！　怪我はない⁉」

ぎゅうっと骨が軋むほど強く抱きしめられ、困惑と同時に身体中の力が抜けるような安堵が襲ってくる。もう大丈夫だ、という感覚に目を伏せかけた瞬間、ぐいっと彼女を離したロジックスが、青ざめたままレティシアの身体のあちこちに触れ始めた。

「あ、あの……わ、私は大丈夫」

「何が大丈夫だ」

引きちぎられてだらりと垂れた前身頃と、コルセットに押し上げられた白い胸元を視界に収め、彼は一瞬だけ強張った顔をしたのち。

「ロジックス様ッ」

咎めるレティシアの声も無視して彼女の滑らかな胸元に唇を寄せるときつく吸い上げた。

「あっ」

恐怖と混乱ではなく、今度は羞恥で真っ白になるレティシアの脳裏を貫いて、甘い感触が襲ってくる。押しやろうとする手から力が抜け、何度も繰り返される刺激に思考が溶け始めた。

たった今襲われ、痛さしか残らなかった接触を書き換えるように甘い疼きが身体を襲う。かすかに震え、ロジックスの肘の辺りをレティシアの指が無意識に撫でた瞬間、ぱっと彼が顔を上げた。

ぼんやりと霞みがかった視界に、驚いたようなロジックスの顔が映る。そして、次の瞬間、そこによぎったのは。

（あ……）

数日前にも見た、その表情。

獰猛に何かを追い求めるような……強い眼差し。

レティシアが何か言うより先に、ロジックスが再び彼女を抱きしめた。

今度は慎重に……骨を砕くような勢いは殺されている。

「……あの男は何者だ？」

レティシアの背中を片手で支えたまま、ロジックスが上着を脱いでそっとレティシアに羽織らせた。

「わ……わかりません。私を誰かの仲間だと思ったようで……」

「仲間」

自然と二人の視線が、気絶している大柄な男性へと向いた。

彼の口調や態度、狂気を孕んだ瞳を思い出して寒気が走る。かすかに震えたレティシアの身体にロジックスが気付かないはずがなかった。

「とにかく、そんな格好で表を歩かせられないし、暗く湿った場所にいつまでも君を居させたくない」

ぱちん、と一つ指を鳴らせば、貼りつけになっている男の身体が一瞬で銀色に光る紐状《ひもじょう》の物で拘束される。

（すごい……風魔法の応用かしら……）

驚いて眺めていると、一筋の光が空に向かって立ち上り、ここにいるならず者を回収しにこいという合図なんだと気が付いた。この辺りを取り仕切る警察組織はどんなのだったかしらとぼんやり考えていると、ひょいっと抱き上げられて仰天した。

彼に抱き上げられるのは三回目だ。

「こ、これで移動は目立ちます！」

「大丈夫だ、大通りは歩かない。このまま路地裏を通って仕立て屋に行こう。その格好で市やら食事にやら行かせられない」

もっともな理論だ。だがその前にと、レティシアは声を荒らげた。

「ちょっと待ってください、まだヘレンに出会えてません」

「……彼女は来ない」

「……え？」

歯切れの悪い回答と、急に黙り込む彼の様子にレティシアは眉を寄せた。

「来ない？　でも先程見かけて……」

「彼女には別の用事ができた」

奥歯に物が挟まったかのような調子で話すロジックスに、レティシアは唇を噛んだ。

「……別の用事、ですか」

「……その件が……問題無ければ戻ってくる」

素っ気ない口調に、レティシアは確信した。やはり彼は……あの男が言っていた『あの女』に彼女が該当すると思っているのだろう。

「待ってください、ヘレンがそうだとは限らないじゃないですか」

「そうじゃないとわかるまでは無理だ」

冷たく言い切られてレティシアは言葉に詰まった。これ以上は詮索できそうもない。あとで彼女の身元などを執事に尋ねようと脳内でメモを取りながら、レティシアはそっと尋ねた。

「……ロジックス様は……どうしてここに辿《たど》り着《つ》いたんですか？」

確かヘレンを見かけた際に別れたはずだ。その後、彼はレティシアをつけてきたのだろうか。

「……君がヘレンを見付けて追いかけていった時、わたしも危険があるとは考えていなかった。だが……君が路地裏に入ったタイミングで反対側から彼女が出てきた。おかしいと思って声をかけたんだ」

じわり、とレティシアの胃の腑《ふ》に苦いものがこみ上げてくる。

「それってつまり……」

「彼女があの男の言う『女』なのかはわからない。ただこそこそしていて不審なそぶりが多かったからね。申し訳ないがハイン宛に伝令を飛ばさせてもらった」

伝令魔法まで使って『銀嶺』の実働部隊ツートップが動くとなると……ヘレンに掛けられた嫌疑は

確定的だという気がしてくる。

「彼女は……一体何を……」

「……それはこちらに任せてほしい。とりあえず君は」

一軒の店の裏口で立ち止まり、ロジックスは鉄鋲が打たれた頑丈そうな木の扉を叩く。

しばらくして内側から扉が開き、顔を出したメイドが仰天する。

それはそうだろう。身なりのいい紳士が女性を抱え、更には裏口に現れたのだ。

「こんな通りからすまない。わたしの恋人がちょっとトラブルに巻き込まれてね。店主はいるかな？」

「ロジックス様ッ⁉」

恋人、という紹介に焦って叫べば、店の表から飛んできた丸顔の女主がびっくりして目を見張った。

「これは……お屋敷のお嬢様ではありませんか」

春にこっちに移って来てから数度、畑仕事用の動きやすい服、買い物用のデイドレス、簡素な晩餐用のドレスや下着などを注文したことで懇意になった女将《おかみ》が交互に二人の顔を見比べた。

「ご……ごきげんよう、ミセス・メイベル……」

引き攣った笑顔で応えれば、幅広の体型をゆすりながら狭い通路をやってきた彼女は二人にお辞儀をする。それからこっそりと、レティシアにだけわかるよう、意味ありげに片目を瞑るから。

（だから違うんだって〜）

心の中で盛大に頭を抱え、レティシアはこの話が巡り巡ってジョアンナと、最悪アイリスに伝わらないかとひやひやする。

「あのですね、ミセス。恋人なんていうのは閣下の冗談で、彼は我が妹の上司なんです」

すとっとフィッティングの用の部屋に降ろされ、ロジックスが店の表の方に歩いて行く。一人残った女主人を捕まえて、レティシアは誤解を正すべく力説した。

「裏通りで変な男に絡まれたところを助けてくれて……ってミセス、聞いてます？」

「ええ、大丈夫ですよ、お嬢様。レディのピンチに駆けつけるのがヒーローですものね」

「いえ、そんなロマンチックな話ではなくて」

「いい人そうですし、何より美男子ですもの。そんな方に助けられて何も始まらないわけがありませんわ」

「だから……そうじゃなくて」

「大丈夫です。妹君にも誰にもお話しませんから。あらあら、そのドレス……なんて酷い」

脱いだロジックスの上着を受け取ったミセスが、レティシアのぼろぼろになってしまったドレスを見て眉を寄せる。

「前は裏通りものんびりしていて、夕方には椅子を出して涼んだり、子供が遊んだりしてたんですけど……最近は物騒になって。それもこれもあの店ができてからなんですよねぇ」

てきぱきとフィッティングルームの準備をし、背中からレティシアのドレスを脱がせながら呟かれた台詞に、目を瞬く。

「あの店って……？」

「ご存じありません？　半年前にできた輸入雑貨のお店、外国製品の食器とか家具とかが並んでいていい雰囲気だったんですけどねぇ。今でも表向きは何も変わってないんですよ？　ただ……最近ではよくない噂が入ってくるようになって……」

「……噂って？」

興味を惹かれて身を乗り出せば、ミセスがやれやれというように首を振る。

「取引先に妙に胡散臭い連中がいるらしく、よく出入りしているって」

（胡散臭い連中……）

確かに、今さっきレティシアを襲った男は胡散臭いといえば胡散臭い様子だった。格好は普通の労働者だったが……。

「あらま」

くるりと反転させられて、腰からドレスを引き抜かれる際に、かすかなミセスのつぶやきを聞いて何気なくレティシアは視線を落とす。

そして胸元に咲く赤いうっ血にかあっと耳まで赤くなった。

「内緒にしておきますね、お嬢様」

おほほほほ、怪しげな笑い声を上げながら、店の表にドレスを取りに去っていくミセスをレティシアは追えず、胸元を隠したままがっくりとしゃがみ込んだ。

外はいい天気で暑いくらいだが仕方ない。

ここは胸元が全く見えないドレスを選ばなければいけないと今度こそ頭を抱えるのであった。

◆◇◆

昼食に誘われたレストランは、新鮮な魚介を使ったお店で確かに美味しかった。

だが恐らく皆が気になっていたのはレティシアの衣装が変わっていたことだろう。

すました顔でテーブルにつくロジックスを恨めしそうに見上げながら、レティシアは笑顔で「途中で馬車に泥水をかけられて着替えざるを得なかった」と説明したが、アイリスから「通り雨なんか降りましたか？」ととてもいい笑顔で突っ込まれて答えに窮する事態に陥った。

どうにかこうにか「井戸が壊れた場所があった」と苦しい説明をしてその場を収めたが、アイリスが納得した様には見えず、レティシアは冷や汗を掻く。

視線の先ではマルト子爵がにやにや笑っているし、ジョアンナの口元は緩んでいるように見える。

「こ、このロブスター美味しいですわね」

誤魔化すようバターオイルのかかったロブスターについて言及すれば、ロジックスが応えてくれた。

「流石、ハインが見つけた店だけあるな」

それに、当の本人がかすかに含み笑いを浮かべた。

「わたしが独自に見つけたと……そう明言できたらよかったんだが、実は違うんだよ」

あっさり肩を竦めて告げる彼に、皆の視線が向く。その先で、彼は飄々《ひょうひょう》とのたまった。

「この地に詳しい人間と港で出会ってね。教えてもらったんだ」

「いつの間に！」

驚くジョアンナの言葉に、ハインがついっと視線を周囲に向け、レストランのカウンターに座る、一人の人物に目を留めた。

「さっきも港で話してて……ああ、彼だよ」

よれよれの茶色のコートに、モスグリーンのよれよれの帽子を被った男の横顔が見える。

もじゃもじゃの灰色の髪と、同じ色の髭《ひげ》で顔の半分が覆われた彼は、手づかみで大きな蟹《かに》の脚を取り上げると噛《かぶ》り付《つ》いていた。

手を振るハインに気付いたのか、四人に目を留め、ちょっとだけ帽子を上げて会釈する。それからまた蟹に向き合っている。

「街のことを色々教えてもらったよ。観光客がよく行く場所とか、店とかホテルとか」

（あ……あんな怪しい人が？　街の良い所を？）

レティシアは思わず懐疑的にその人物を見つめれば、他の人間も何となく同じことを思っているようで、ちらちらと訝《いぶか》し気《げ》な視線を送っている。

「何をしてらっしゃる人なんですか？」

アイリスがいくらか冷たい声で尋ね、レティシアへの懐疑がほんの少し緩んだように思う。それだけはありがたいなと思いながら、ハインの返答を待てば、彼は殻から蟹の身を外しながら目を瞬いた。

「……そういえば聞いてないいな」

「聞いてないんですか⁉」

思わず、という調子でアイリスが問い返す。

それにハインは少し考えた後、蟹を頬張《ほおば》りながら一つ頷いた。

「ああ。だが教養の有無くらいは話せばわかる。寄港する船の所属がどこの商会のもので、何を商っているところなのかきちんと把握してたしな。彼は信用できるよ」

その一言で納得していいのかと、微妙な空気が流れる。それを断ち切るようにロジックスが静かに答えた。

「ここは船の出入りが多く、良い港町だな。市場にも活気があるし、珍しいものが沢山集まっている」

「そういえば、ロジックス様とレティシア様が行かれた植物市にも珍しい物はありましたか？」

折角《せっかく》嫌疑の眼差しが自分から離れていたのに、再び自らの元に戻って来てレティシアの身体が強張った。そろっと視線を向ければ、眩しい笑顔のアイリスが目に飛び込んでくる。

答えないわけにはいかない。

「私はどうにか目当ての物は買えましたが、ロジックス様はどうでしょう？　途中で別れたので」

「まあ、そうでしたの」

ふっと目を伏せたアイリスがゆっくりと尋ねてくる。

「……植物市では何を買われたのですか？　やはりバラですか？」

「他にも秋に咲くコスモスとか……そうそう、朝、ジョアンナに『私の花がどれかわからないじゃない』とおっしゃってたから、ジョアンナの為にアイリスを」

「お姉さま！」

ジョアンナが真っ赤になり、その様子にレティシアは思わず微笑んでしまった。

緊張がほんの少し解ける気がする。

「あとは趣味の物を少し」

そう告げた瞬間、レティシアはアイリスの手がかすかに止まったように思えた。

（……え？）

思わず目を瞬いて彼女を見れば、アイリスはその紫の瞳に真っ直ぐレティシアを写していた。ぞくり、とお腹の奥がざわめく眼差し。

「趣味の物とは……珍しい植物かなにかですか？」

どこか平板なその物言いに、レティシアは混乱する。自分は何か……変なことを言っただろうか。

「め、珍しいと言えば……そうですね。ここで育てられるかどうか、ちょっとわからないので……」

思わず視線が泳ぐ。その先にロジックスが映り、彼がくすっとおかしそうに笑うのが見える。恐らく、畑仕事と、あろうことか豆を育てようと勢い込んでいるレティシアを思い出しているのだろう。ぐ、と奥歯を噛み締め、恥ずかしさから赤くなりながらも、レティシアはジョアンナとアイリスを交互に見た。

「二人はどこにいったの？　やっぱり輸入雑貨のお店かしら？」

「そうなの！　実はお姉さまの体調を良くするための霊薬がないかなって」

「ジョアンナ！」

呆れたように声を荒らげるアイリスに、ジョアンナが口を尖らせて抗議する。

その様子にまだ霊薬なんか探しているのか、と遠い目をしながら、ふとレティシアは視線を感じて振り返った。

ちょうど、ハインの知り合いという男性が席を立って出て行くところだった。

（……ん？）

その後ろ姿に、何故かレティシアは興味を惹かれた。

なんというか……妙な引っかかりを覚える。

（あの人……どこかで会ったような……）

視線の先で男はレストランを出て行き、再びテーブルの喧騒が戻ってくる。

アイリスとジョアンナ、それからハインとロジックスの『霊薬』に関する熱弁やら小言やら茶化すような物言いやら、それらを聞き流しながら、レティシアはぼんやりと皿の上のロブスターを見つめていた。

なんだか今日は色々あった。この色々が今後自分に……ロジックスとアイリスにどんな影響を与えるのだろうかと考えながら。

第六章　迫る悪役令嬢

レティシアは薄暗い路地を走っていた。

舗装が適当なのか、石畳はあちこち欠けて大地が覗《のぞ》き、草が顔を出している。

（なんで私……走ってるんだろう）

そんなレティシアの疑問を突き破るようにして一つの言葉が胸の内を貫いた。

――わたくしは何も悪くないわ！　あの女が悪いのよ！

（ん？）

唐突に溢《あふ》れた自分以外の感情。それに思わず目を瞬いた瞬間、レティシアは走る自分が特に息も上がらず、苦しくもない事に気が付いた。

（んんん？）

この状況が全くわからない、と首を捻ろうとして、今度はそれができないことに気付く。

（ナニコレ……夢？）

何とか状況を把握しようと視線を前に固定し、走っているのに走っていない、という感覚にどうにかこうにかついていこうとして。

「きゃあ」

（うぉ⁉）

足が欠けた石畳に突っかかって盛大に転んでしまう。

「痛ッ……」

薄暗い路地にレティシアのピンク色のドレスの裾が広がる。レティシアの口は呻き声と憤懣《ふんまん》を漏らしているが、中にいる彼女は痛みどころかその憤懣に覚えすらない。

だが外側のレティシアは延々と悪態をついている。

あの女が悪い。どうしてあの平民が。ロジックス様はわたしの物なのに。

（もしかして……）

これが夢なのかなんなのかわからないが、どうやら自分は『ＣＲＹＳＴＡＬ　ＣＲＩＭＥ』の本物の悪役令嬢、レティシアを追体験しているようだった。

（これってどこのイベントだっけ⁉）

今となってはだいぶおぼろげなゲームの場面を脳裏に思い描き、レティシアは必死に考え込む。

「娼館なんて生ぬるかったわ。今度こそ、殺し屋を雇って息の根を止めてやる」

ぐいっと顎を上げたレティシアが独り言ちる。それに中の彼女は真っ青になった。

（そうか……！　これってレティシアが殺される直前だ！）

ロジックスとの仲を深めるアイリスに嫉妬したレティシアはとうとう最終手段に出る。

彼女を騙して船に乗せ、隣の街へと連れてくると、そのまま娼館に売り飛ばしたのだ。更には醜悪な相手を用意し、さっさと傷物にしようと彼女と一緒に部屋に閉じ込めた。

そこに、間一髪アイリスの危機を察したロジックスが駆けつけ、事なきを得るのだ。

当のレティシアはというと優雅に船で元の街に戻るも、そこでロジックスから命を受けた銀嶺の部下たちに囲まれてしまう。

自暴自棄になった彼女は魔法を使い、爆発騒動を起こして逃走。行く先で次々と破壊行為を行い、最終的には止めに来たロジックスに殺されるのである。

（逃げるためとはいえ、派手に街中を壊して回してたものね……レティシア）

どこか遠い所でそんなことを考えながら、中のレティシアは必死に周囲を見渡した。

立ち上がった本体が、再び怒りに燃えて走り出し、路地裏の出口が見えてくる。

その瞬間、中のレティシアは慌てて両脚に力を入れた。

（だ、駄目よレティシア！　そっちに行ったら殺される！）

あの先には海があり、その海を背景にロジックスが立っているはずだ。

断罪の死神が、剣を携えて。

「全部あの女の所為ッ」

だが彼女は苛立たしく吐き捨て、自分の正当性を証明するべく走り続けて止まらない。

中のレティシアは迫る死の恐怖に心臓が早鐘のように鳴るのを覚えた。

（まずいまずいまずいまずい！）

この状況が夢なのか何なのか、さっぱりわからない。だがロジックスに殺されるのだけはごめんだと、必死に身体を止めようとするが、抵抗虚しくぱっと視界が開けた。

「待っていたよ、レティシア・レイズ」

海風よりも冷たい声と同時に、真正面に立つロジックスが目に飛び込んできた。

（ひっ）

中もレティシアも外のレティシアも、両方が恐怖に息を呑んだ。

真っ青な空とそれを映す海を背景に、黒い衣装の死神が、腰から剣を抜き提げ持っていた。

悪役令嬢の道を回避し続けたレティシアが知らない、冷酷な表情。

「あ……ロ、ロジックス様……！」

悪役令嬢の本体が声を上げ、懇願するように震える両手を差し伸べた。

「違うんです……これは全部、アイリスが命令したことで……」

「黙れ」

冷ややかな声がレティシアの情けない言い訳を一蹴する。彼女の驚きと怒りと焦り……そして恐怖が内側にいるレティシアの胸も焦がしていき、苦しさに息が上がる。

（ああ……もう何を言っても駄目だわ……）

レティシアの瞳に涙が浮かんだ。必死に頑張ったがこれで終わりだ。

「お前はわたしの愛する人を貶《おとし》めようとした」

ゆっくりとロジックスが告げ、彼が掲げる剣がきらりと光を跳ね返す。

ロジックスルートが好きで、何度もプレイした。ここは最高潮に盛り上がるシーンなのに、今の自分は全く楽しめない。そりゃそうだ。断罪される悪役令嬢になっているのだから。

苦い諦観が胸に込み上げ、全身から力が抜けていく。

（これが……逃げられない私の運命……）

五年前に悪役令嬢に転生していると気付いてからずっと、回避を目指してきた。

その中で出会ったロジックスは優しかった。終始レティシアを気遣ってくれて、心配してくれて、路地裏で襲われた時もすぐに駆けつけて来てくれたのだ。

「やめて……わたくしは悪くありませんわ！　あの女が……あの女さえいなければ！」

そんな内側を無視し、目を血走らせ、口角泡を飛ばして本体のレティシアは喚く。

だがその声もどんどん遠のき、レティシアは世界が収縮していくように感じた。

こちらを見下ろす冷たすぎる眼差しから目が離せず、その彼が足早にレティシアに近づく。

下がろうとする彼女の胸に、真っ白な光を弾《はじ》く刃が吸い込まれ。

身体を貫《つらぬ》く——その瞬間。

「レティシア」

身体を揺さぶられ、はっと彼女の意識が戻った。

直前に見た剣のきらめきと同様の真っ白な光が目を焼き、レティシアは顔を顰《しか》める。

それからどこにも痛みがないことに気が付いて、ゆっくりと目を開けた。

すぐ間近に、ロジックスの顔があった。

「きゃあ!?」

先程まで冷徹すぎる眼差しと表情を向けられていた相手が、目の前で心配そうにこちらを見ている。

その状況に頭が追い付かず、思わず鋭い悲鳴が漏れた。

どっどっど、と心臓が肋骨《ろっこつ》の間で暴れ回り、かすかに手が震えている。

その冷たい指先をロジックスがそっと握りゆっくりと顔を近寄せた。眉間に皺《しわ》が寄っている。

「大丈夫か？　顔色が真っ白だ……」

（えっと……えっと……えっと）

先程までの鮮明過ぎる断罪シーンから必死に自分を取り戻しつつ、レティシアはきょろきょろと周囲を見渡す。

そこは自分が滞在中の屋敷のテラスで、ポートエラルの街から戻って来て少し日陰で涼んでいたことを思い出した。

長く震える吐息を漏らし、レティシアは鼓動を宥《なだ》めようとする。そんな彼女の隣に座ったロジックスが、青白い顔色の彼女を温めようと腕を回して抱き寄せた。

「やめて！」

途端、反射的にレティシアは彼の身体を押した。夢の名残が残っていて、縊《くび》り殺されるか背中を刺されるかと、一瞬のうちに考えてしまったのだ。

「すまない」

慌てたロジックスが両手を広げて他意がないことを示す。その様子に、レティシアは乱れまくる呼吸も鼓動も意識もどうにかして整えようと、必死に深呼吸を繰り返した。

四秒吸って……八秒吐き出す。

それを繰り返し、ゆっくりと呼吸を整えているとふっと頬《ほお》に温かいものが触れた。

びっくりして顔を上げれば、心から心配そうな表情のロジックスがこちらを見下ろし、冷たいレティシアの頬にそっと温かな掌《てのひら》を押し当てていた。

「大丈夫。何もしない。そのまま呼吸を繰り返して……」

彼の綺麗《きれい》な金緑の瞳に魅せられ、間近で顔を合わせながら吸って……吐いて……と繰り返す。やがて緊張にずっと走り続けていた鼓動が収まり、レティシアはようやく自分が落ち着いてくるのを感じた。

「……すまない。君は昼間、襲われたばかりだったのを失念していた」

不意に後悔するような声が告げ、レティシアは目を瞬く。

ぐっと唇を噛《か》んだロジックスがゆっくりともう片方の手をレティシアの身体に回し、そっと胸元に引き寄せた。

「怖がらないで。そのまま自分の感覚だけに集中して」

再び跳ね上がりそうな心臓を、宥めるようにロジックスが声をかける。彼の胸に身体を凭《もた》れかけ、レティシアはふっと瞼《まぶた》を落とした。

断罪のシーンが目の前に過るかと思ったが今度は何も出てこなかった。

ロジックスの指先が優しくレティシアの頬を撫《な》で、その感触に気持ちを向けると、不思議と気分が落ち着いてくる。

（なんで……さっきまでの彼は恐怖の対象でしかなかったのに……）

そっと目を上げればこちらを見下ろす彼の表情がよく見えた。

冷たさの欠片《かけら》もない、ただ純粋にレティシアを心配するロジックスの表情が見える。

その眼差しが向けられているのは紛《まぎ》れもなくレティシアで、その事実にどきりと心臓が震えた。

さっきの夢で見た彼は憎しみの眼差しでレティシアを見ていた。だが今は、愛《いと》しい人を心配する……溢れるような優しさに満ちた眼差しがそこにあるのだ。

（あ……そうだ……）

この視線を、レティシアは知っている。……正確に言えばゲームの中でみたものだが、こんな風に大切な、愛しい人を見るようにロジックスはアイリスを見つめていた。

公爵であり、銀嶺でも高い地位にいる彼は、人から求められることが多い存在だった。

部下にも厳しい反面、ちゃんと相手のことを見て評価する一面があり、大勢から慕われていた。

もちろん、その才覚から自分の仕事もきっちりこなし、更には望むものが手に入る環境も整っていた。ありていに言えば、ロジックス・スタンフォードという人物は完璧だった。

ただし。

（若くして父親を亡くして……家督を継いで。王家の人間やら他の貴族連中から若造が、って見られることが多かったから……）

彼は完璧にならざるを得なかった、ともいえる。誰かに弱みを見せたらそれで終わりだと……そんな風に気を張っている面もあった。

（それを癒《いや》したのが……）

ヒロイン、アイリスだ。

その名と姿を思い出した瞬間、ずきりと胸が痛む。

そう。その役目はヒロインのものだったはずだ。

でも今は……。

「レティシア？」

彼女の瞳が悲しみに曇ったのに気付いたように、ロジックスがそっと目尻に触れる。いつの間にか浮かんでいた涙を、彼の優しい手が見つけて拭《ぬぐ》い、それが更にレティシアの震えるような思いを加速させた。

「レティシア？　大丈夫か？」

彼の額が額に触れる。間近で焦点の合わない彼の表情を瞼を閉じて追い出し、ゆっくりと首を振る。

「問題ありません。大丈夫です」

「しかし」

そっと囲うだけだった彼の腕がぎゅっと身体に回り抱き締められる。

「泣いている」

温かなぬくもりに包まれ、彼女は目を伏せた。

ようやく気付く。

強引に触れる手も、激しく求めるような口付けも、危機に駆けつけてきてくれた優しさも全部、「今のレティシア」に向けられたものだ。どんなに拒絶しようとも、結ばれる相手がアイリスなのだとわかっていても、この「事実」は変えられない。

今のように、彼はレティシアを気にかけ触れてくれていた。助けに来てくれて、抱きしめられ、身体の中の熱を引き出し縋《すが》るほどに高められた。

（それはゲームで見たロジックスもそうだったけど……全部アイリスに向けられたものだった。でもこれは……この熱は……この気持ちは）

レティシアにだけ向けられている。今はそう信じてもいいだろうか。

（いまだけ……）

温かな腕の中で、レティシアは身体から力を抜いた。

再びゆっくりと眠りに落ちるレティシアは、夢を見なかった。ただひたすらに、その温かさに身をゆだね続けたのである。

◆◇◆

翌日、自室で目覚めたレティシアはずきずきと痛む頭に呻《うめ》いた。この痛みは魔力放出薬の副作用だとわかってはいても憂鬱になる。

はーっと重い溜息《ためいき》を吐き、ベッドの中でつらつらと昨日の出来事を考える。

色々あった。ありすぎた。なかでも悪役令嬢版レティシアの追体験は最悪だった。

（……あの後……）

体調の回復しないレティシアを心配したロジックスが部屋まで運んでくれた。よく覚えていないが、あれからずっと眠り続けたのだろう。

殺される間際の悲壮な思いと、次に目覚めて得た……泣きたいくらいの彼の優しさ。

今も、両極端な感情に揺さぶられて更に頭痛が酷《ひど》くなる気がする。頭を抱え込み、レティシアは痛みを和らげようと別のことを考えて慰めにしようとした。

ロジックスと関係ないこと……そう、例えば手にいれた大豆だ。

（大豆……醤油《しょうゆ》……お刺身……）

自分の野望を思い出して、少し痛みが和らぐ。昨日の魚介も美味《おい》しかったなとぼんやり考えていると、不意に昼食会の席で、アイリスから何を買ったのか、ロジックスと一緒だったのかと問い詰められたことを思い出した。

（アイリスのあの……探るような感じは……）

再びずん、と身体の奥が重くなる。

悪役令嬢の夢を見てから、レティシアの胸の奥に熾火《おきび》のように何かが燃えていた。ロジックスに惹《ひ》かれる思いがゆらゆらと……薄い煙を上げてくすぶっている。

だが彼と結ばれる未来などありえない。特に、アイリスの思い人がロジックスだと確定してしまっては万に一つもそんなことは起きないのだ。

（昨日までのあれこれは……忘れなくちゃ）

死亡率が上がることからロジックスだけは選んでほしくなかったが仕方ない。

ヒロインの決定は変えられない。

ならやはり自分の振る舞いを改めるべきなのだが、彼ら……特にロジックスを避けようとすればするほど、アイリスに誤解を与えかねない振る舞いが増えていくのだ。

（もし……アイリスに自分とロジックス様の仲を裂く人間だと認定されたら……）

ロジックスの冷たい眼差しとぎらりと光る抜き身の刃を思い出し、身体が震える。

今のところレティシアはアイリスに酷いことをしていない。にこにこと友好的に接している。このままいけば「病弱な親友の姉」で通せるはずだ。

――……ロジックスが絡んでこない限り。

ころりと寝返りを打ち、柔らかな枕に顔を埋めたまま、ううう、と呻き声をあげる。

（ロジックス様は……私のことが好きなのかしら……）

気を張り続けていた心がふっと緩む。途端、今までの彼の行動の全てが、その一言で説明できると気付いた。だが、次の瞬間にそれを打ち消した。

そんなわけない。

この世界でのヒロインはアイリスで、攻略対象は彼女に夢中になる。これが原則で決まりなのだ。

そうじゃない乙女ゲーなど意味がない。

今まではアイリスの意識がロジックスに向いていなかったから、彼はレティシアに優しくできたのだ。だが今、彼女の思い人が彼になってしまったら……ああいったことは二度と起きない。

そう考えた途端、ずきん、と胸が痛んだ。

心臓に氷の槍《やり》を受けたように、そこからじわじわと冷気が全身に満ちていく。

(……そう……もう、あんな風に見つめられることもない……)

胸の奥に苦いものが広がるが、レティシアは気付かないふりをした。

この世界で、攻略対象となる男性達は全て、アイリスに好感を持っている。もしかしたら攻略対象外の男性も、アイリスから好意を向けられれば、たとえ敵意を持っていたとしてもいずれは彼女の魅力に屈するのだろう。

それがヒロインというものだ。

つまり、彼女と同じ人を好きになった瞬間、レティシアの負けは確定するのだ。

悪役令嬢が幸せになる話など一つもない。

今は自分に気があるように見えるロジックスだが、それもおしまい。

運命の輪は、そうやって回っている。

だから、どれだけ甘いキスを受けても、求めるように触れられても、アイリスがロジックスに想《おも》いを抱いている限り、絶対に叶《かな》わない。

レティシアは……ロジックスからただ一人だけに向けられる愛を得ることはないのだ。

彼に恋をしてはいけない。

彼に愛情を抱いてはいけない。

彼の特別になることを願ってはいけない。

(なのに……ッ)

からかうような表情も、求めるように熱っぽくこちらを見つめる眼差しも、激しい怒りに駆られた様子も全て……素敵だと思ってしまう。

傍にいたいと願ってしまう。

その感情の全てを、自分一人にだけ向けてほしいと……懇願してしまう。

(これじゃあ……本当に悪役令嬢になってしまう……)

苦い思いがこみ上げてくるが、たとえそうなんだとしても……もう、レティシアの心は引き返せないほど強く、ロジックスに惹かれていた。

(それでもまだ……踏みとどまれる)

自分は悪役令嬢ではない。

恋に落ちる二人を……アイリスとロジックスを……今まで通り応援してみせる。大丈夫。今自分は『恋心』を自覚しただけだ。

ほんのちょっとの淡い……初恋みたいなものだ。

そして初恋は実らない。

(……大丈夫。大丈夫よ、レティシア)

数度深呼吸を繰り返し、胸の奥がずきずきと痛むのを無視して彼女は掛け布を引っ張り上げると頭から被った。このまま馴染《なじ》みの深い頭痛をやり過ごすように目を閉じる。

大丈夫。

そう何度も心の中で、呪文のように繰り返しながら。

◆◇◆

丸一日、魔力放出薬の副作用で動けなかったレティシアは次の日にようやく、リビングに執事のドーカスを呼ぶとヘレンのことを尋ねてみた。

やはりというかなんというか……彼女はあの騒動の翌日に急に田舎に帰ったのだという。

「田舎って？」

「リードメアだったかと」

ポートエラルから船ですぐの所だ。メイドを探していた家政婦頭がリードメアの市まで行って採用してきたのだという。

「確か……小さな漁村よね」

皿に乗っているレモンケーキを切り分けながら、レティシアは呟《つぶや》く。

山と海に囲まれた狭い土地で、大きな街に行くために山を越えるのが大変なので、定期的に船が出ていたはずだ。

魚を生で食べられる店があると、そんなことも話してくれたなと思い出してちょっと興味が湧く。

「最近ではリードメアの港と反対方向にある崖の頂に貴重な花が咲くとかで、好事家が集まっているようですな」

「へぇ」

貴重な花。

それは一体どんなものなのか。

執事を下がらせた後、もう少しリードメアについて調べてみようかと、レティシアは図書室に向かった。リードメアはランズデール伯爵の領地ではないが、近隣なので郷土史のようなものが残っていないか期待したのだ。

だが出てきたのは地図と、漁師が多い村だということくらいだった。貴重な花の記載はない。

（まあ、最近のことだというし……）

ヘレンのような若者が他の街に働きにでるくらいなのだ。観光産業として確立しているのならそんなこともなかっただろう。

窓際に設置されたソファから腰を上げ、地図を元の位置に返そうとしたレティシアは、眼下の庭を歩くロジックスとアイリスを見かけて息を呑んだ。

二人は並んでゆっくりと、庭に植えられた低木の間を歩いている。

やがて木陰で立ち止まると、アイリスがロジックスに熱心に何かを語りかけ始めた。時折腕に触れて、瞳を見上げて訴える様子に、レティシアはじわりと苦いものが胃の奥にこみ上げてくるのがわかった。

（一体何の話をしてるのかしら……）

二人がゲームの中でどんな会話をしていたのか、思い出そうとするが頭の芯がずんっと重たく、考えがまとまらない。

そうするうちに、アイリスがロジックスの手を取りぎゅっと握り締めるのが見えた。

「！」

はっと息を呑み、凍り付いたようにその様子を眺めていれば、ロジックスがそっと手を離し、彼女の腰を抱くのが見えた。そのまま二人はゆっくりとその場を後にし、レティシアは彼らが見えなくなるまでずっと目で追い続けた。

やがて、立ち上がったばかりのソファに力なく座り込む。

二人がどんな話をしていたのか。

例えば仕事の打ち合わせとか、なにか……色恋に関係しない内容の会話であった可能性はある。その要素を自分の中の前世の記憶から探し出そうして、レティシアはやめた。

（……馬鹿ね）

いくら二人が色恋に関係しない話をしていたのだとしても、その気になればレティシアの思慕など関係なくなる。つまり、今さっき見たものがどんな内容であれ、恋愛関係の進展につながるということだ。

（もちろん……攻略対象の好感度をダダ下げするような行動をアイリスが取れば話は違うけど……）

見た感じ、ロジックスはアイリスの背中にそっと腕を回していた。

不快に思っていたのなら、そんな真似《まね》はしないだろう。

（……まあ、アイリスがヒロインなんだし……昨日、諦めようって決めたじゃない）

世界は彼女のために回る。悪役令嬢の心情など関係ない。

ソファの座面に膝を引き上げ顔を埋める。閉じた瞼の裏に先ほどの光景が鮮やかに蘇《よみがえ》り、レティシアはぎゅっと痛む心臓を誤魔化《ごまか》しながら、あまり乗り気ではないが、この先の見通しを立てはじめた。

（そう……確か夏季休暇中、彼とあまり会えなかったアイリスが、自分の気持ちを自覚して急接近するんだっけ……）

だが今は夏季休暇中で二人は一緒の時を過ごしている。ここから二人が急接近するイベントが発生するとなると、病弱なジョアンナの姉《レティシア》を気にするロジックスにアイリスが不安になって自らの恋愛感情に気付くとか……そういうものだろうか。

（これって役割だけなら悪役令嬢と同じじゃない⁉）

だが自分はただ単に体調不良なだけで、二人の仲を意図的に邪魔しようと画策しているわけではない。身体が弱いというだけで断罪されてはたまったもんじゃない。

それに、夢で見たような罪状の一つだって今のレティシアは起こしていないのだ。

（どう考えても私は悪役令嬢ルートを回避してるんだけど……）

なのに何故こんな危機感を覚えるのか。

それはもしかして自覚した恋心のせいじゃないのだろうか……。

無意識のうちに彼らの破局を願っているのだろうかと思い悩んでいると。

「レディ・レティシア？」

「ひゃい⁉」

唐突に声をかけられた。

慌てて後ろを振り返れば、こてっと首を傾げたハインが図書室の入り口に立っている。

彼はゆっくりとレティシアが座る窓際のソファに近づくと、回り込んで顔を覗《のぞ》き込《こ》んだ。

「顔色が悪いようですが、大丈夫ですか？」

そっと持ち上がった彼の手の、指の背中がレティシアの頬に触れる。最近その台詞《せりふ》しか言われないなと、半ば苦笑しながらレティシアは丁寧に答えた。

「ありがとうございます。大丈夫ですわ。……その少し……考え事を」

ほほほ、と上品に笑って見せれば、ハインの視線が彼女の膝の上に落ちた。

「地図ですか？」

「ええ……この周辺の街とか村とか……観光地があるのかなって」

興味深そうな口調に、おやと眉を上げて答えると綺麗なブルーの瞳が好奇心に輝くのが見えた。

「何かありましたか？」

そっと隣に腰を下ろすハインが、にこにこと屈託のない笑顔を浮かべる。窓から差し込む日差しに、きらきらと美しく金髪が輝き、レティシアは眩《まぶ》しさに目が眩《くら》みそうになる。

さすがは王太子殿下だ。

ロジックスが持つような、危険な色気とは対照的な、爽やかなのに圧倒されるオーラが出ている。

その彼がヘレンと何を話したのか。

微笑む彼の、青い瞳の奥底に滲んでいる為政者としての冷酷さを見た気がして、レティシアのお腹が震える。

それを隠したまま、彼女は背筋を正した。

「そうですね……あの、ハイン様」

「はい」

崩れぬ笑顔をじっと見つめ、レティシアはかすかに身を乗り出した。

「昨日、キッチンメイドが一人、辞めて実家に戻ったのですが……」

きらりと、今度は物騒な色がハインの瞳をよぎる。

その底知れぬ青を見つめながら、更に続けた。

「ハイン様は何かご存じではありませんか？」

「……何故わたしが知っていると？」

そっと伸びたハインの手が、きちんと膝の上にそろえられているレティシアの手に触れる。思ったよりも温かいその感触に、どきりと心臓が跳ね上がった。

この手が、大切な人を守るために容赦なく振るわれるのをレティシアは知っていた。

ロジックスほど過激ではないが、ハインもまた強い。

彼に怪しまれれば、自分の身も危険かもしれない。だが、ヘレンの行方と彼女が何をしようとしていたのかはぜひとも知りたい。

「先日、裏路地で起きた出来事の処理を……ロジックス様がハイン様に頼んだとおっしゃってました」

「ふうん？」

「その際に……我が家のキッチンメイドの処遇もあなた様に頼んだのだとか」

じっと、レティシアの中まで見通すような透き通った青い瞳が覗き込んでくる。目を逸らせば負けだと、そんな気がして見つめ返していれば、ふっと彼が目元を和らげて微笑むのがわかった。

「……彼女の行方を聞いてどうするつもりですか？　レディ・レティシア」

「彼女を雇っていたのは私です。何か不都合があったのなら知る権利が――」

「レティシア」

続けて言葉を紡ごうとする唇に、ハインがそっと人差し指を押し当て、ゆっくりと顔を近寄せる。自分を魅力的に見せることに長《た》けた笑みがそこにあり、レティシアは息を呑んでそれを見上げた。

「彼女には……どうしてもやらなくてはいけないことがあったようですよ」

「……え？」

「それが何を生んでいるのか……何度も考えたようです。でもそれしか道はなかった。そして、彼女にその道を選ばせたのは、リードメアの領主だと断言できる」

低く鋭い、ぞっとするほどの冷徹を込めた声色に、レティシアはどきりとする。

まるで今ここで起きていることを全て見通し、断罪するような強い口調。

（まるでリードメアの領主が良からぬことを行っているような……）

隣の領地はキャリントンと呼ばれ、五十代の子爵が治めていたはずだ。

レティシアはほぼ社交界に顔を出していないので、どんな人物なのかよく知らない。だが隣からちらほら住人が移住してくることを考えると、あまりいい領主とは言えないのかもしれない。

（一体何が起きているのかしら……）

そんな考え込むレティシアの、紅玉のような瞳から視線を逸《そ》らすことなく、ハインは笑顔で続けた。

「ランズデールの港では、よからぬ連中が闊歩《かっぽ》していたりしませんか？」

静かに尋ねられ、レティシアは仕立て屋の女将《おかみ》が言っていたことを思い出す。

近くにできた雑貨屋に、怪しげな連中が出入りしていて治安が悪くなったとそう言っていた。その路地裏にいた、女を探すみすぼらしい格好の男。

そして路地裏に出入りしていたヘレン。

良くない何かがポートエラルでも起きていて、それよりも前にリードメアでも何かが起きているという。

それは一体何なのだろうか……。

考えに沈むレティシアの頬を、ハインが唇から離した指先でゆっくりとなぞる。やがて温かな掌に頬を包まれ、我に返ったレティシアに、彼が続けた。

「どうやら心当たりがあるようですね」

低い声が冷たく耳を打つ。魅入られたようにハインを見上げるレティシアに彼は告げる。

「一体何を知っているんですか？　マイレディ」

青い瞳が深い色を湛《たた》える。

凍てつく眼差しに、息を呑んで答えを探していると。

「何をやっている」

二人の間に漂っていた不穏な空気を切り裂いて、鋭い声が響いた。

はっとして振り返れば大股でこちらに歩み寄るロジックスの姿が。

レティシアの頬に触れていた手が名残惜しそうに離れ、ハインがすました顔で傍に立つロジックスを見上げた。

「やあ、ロジー」

そう言って、ゆっくりと立ち上がる。その際に、レティシアの指を掴《つか》んで持ち上げその背に唇を寄せた。

「というわけで、レディ・レティシア。ミス・ヘレンの件はわたしにお任せください」

「あ」

一体それはどういうことなのかと、もっと詳しく聞きたかったが、ハインは素早く身を翻し、冷たく睨《にら》みつけるロジックスにふわりと微笑んで颯爽《さっそう》と立ち去っていく。

その後ろ姿を呆気《あっけ》に取られて見送っていると、彼の後を追って図書室の入り口まで行ったロジックスが、勢いよく扉を閉めた。

そのまま真っ直ぐにレティシアの元まで来ると。

「え？」

両腕にレティシアをとじこめ、ソファの上に押し倒した。

「ロジックス様!?」

「何を話してた？」

激しく掻《か》き抱《いだ》かれ、熱い手がレティシアの身体をなぞる。背中から腰のくぼみを押され、びくりと背を反らせば、もっとと抱き寄せられて、ロジックスの唇が耳朶《じだ》に触れた。

「あいつに言い寄られたのか？」

柔らかく、熱い唇が耳殻に触れ、熱っぽい言葉が吐息となって吹き込まれる。

「違いますッ」

爆発的に高まる血圧に、頭の中が真っ白になりながら懸命に首を振った。

「じゃあ……何の話を？」

耳朶を食《は》む唇が、やがてゆっくりと彼女の首筋へ移動し、顎の下あたりを吸い上げる。

腰を撫でる手と、もう一方がゆっくりと太ももを辿《たど》るのを感じ、熱に浮かされたように話した内容を告げようとして、レティシアの脳裏に先程見た光景が過った。

祈るようなアイリスの様子と、その彼女を気遣うロジックス。

「ロジックス様には関係ありません」

気付けば冷たい声が出ていた。

はっとロジックスの身体が強張《こわば》る。かすかに怯《ひる》んだその隙に、レティシアは無理やり身体の間に腕をねじ込むと力一杯押した。

それくらいで離れるわけはなかったが、あっさりとロジックスが身体を離し、起き上がる彼女に合わせてソファに座り直す。

首筋の、彼が触れたあたりに手を当てながら、レティシアは奥歯を噛《か》み締《し》めた。

「レティシア」

鋭く、でもどこか懇願を含んだ声が名を呼ぶ。だがレティシアはぎゅっと唇をかみしめて視線を合わせるのを拒んだ。

彼はアイリスと一緒にいて、親しげだった。それを壊す真似はできない。

「……このような真似は、不本意な誤解を招きます」

アイリスに、誤解されてはいけないのだ。

視線を合わせることなくそう告げれば、沈黙の後、ロジックスが立ち上がるのがわかった。

そのまま彼が立ち去るのかと思えば、彼が激しさを秘めた声で囁《ささや》いた。

「不本意な誤解ではない」

その言葉に視線を上げれば。

身を屈《かが》めたロジックスから激しいキスを落とされる。

引こうとするレティシアの後頭部に手を添えられ、逃げ場を失った彼女の唇をこじ開けて舌がなだれ込んでくる。

絡まり､吸い上げられ……身体の奥から熱い塊がこみ上げてくる。視界が赤く染まり､衝動がレティシアの手をロジックスの胸元へと引き上げるその瞬間、濡《ぬ》れた音を立ててロジックスの唇が離れた。

「言っただろう?　しかるべき時が来たらと」

そっと囁かれたそれが、レティシアの胸に突き刺さる。

（そんな時なんか来ない……）

それとも、引導を渡される日のことを言っているのか。あの時見た夢のような。

（……もちろんそんな日なんか来させない）

ぐっと奥歯を噛み締めて、こちらを見下ろすロジックスの激しい光を宿した瞳を見返す。

「いいえ、閣下。その時なんか来ませんわ」

はっとする彼を残し、レティシアは立ち上がると、震える足を叱咤《しった》してゆっくりと歩き出した。

「レティシア」

かすれた声で名を呼ばれ、扉の前まで来た彼女は振り返った。

心が震え、何故か涙が滲《にじ》んでくる。自分は……『アイリス』《運命》には抗えないのだとしても、できることならあるから。

「どうか、心を寄せる方と何の曇りもなくお幸せになってください」

レティシアは笑って見せた。

何があっても、レティシアは生き抜く。

犯してもいない罪で断罪されることなどさせない。

ロジックスの……彼とアイリスの幸せだけを願って。

くるりと背を向けて、レティシアは図書室を出た。疲れたように長い長い溜息を吐く。

ふと視線を上げれば、廊下の奥にアイリスがじっと佇《たたず》んでいるのが見えた。

彼女の紫の瞳が、不思議に赤く輝いている。それを見つめ返し、レティシアは背筋を正すとゆっくりと彼女の方に歩み寄った。

「レティシア様」

アイリスから名を呼ばれ、彼女は腹を決める。

今までとは打って変わって、親しみやすい雰囲気をかなぐり捨てて、凛《りん》とした態度を心がけ、伯爵令嬢として精一杯の矜持《きょうじ》を示す。

「ミス・アイリス」

はっと目を見張るアイリスを見下ろし、レティシアは微笑んで見せた。

「どうか、誤解なさらないように。閣下が心を寄せているのはあなたです」

「……え？」

不意を突かれたように、鳩《はと》が豆鉄砲を喰《く》らったように、唖然《あぜん》とするアイリスの横をレティシアは堂々と胸を張って通り過ぎる。

「どうか、お心のままに」

自分に彼女に敵対する意図はないのだと、そう付け加えれば、アイリスが息を呑むのがわかった。

これで……理解してもらえたはずだ。

レティシアは彼女の恋路を邪魔する悪役令嬢ではないのだと。

（これでいいわ）

二人を残して廊下を行き、自室へと戻る。

そのまま閉じた扉に背を預け、ずるずると床の上に座り込んでしまった。

「これでいい……」

自分は見事に二人を応援してみせた。

心のままに。

二人はその思いのままに行動すればいい。

「これで……私もスローライフが送れるわ」

ぼうっと見つめる絨毯《じゅうたん》の模様がじわりと滲み、揺れ、ぽろりと零《こぼ》れた雫《しずく》が頬を伝ってドレスのスカートに落ちる。

それは後から後から、珠《たま》を結んで零《こぼ》れ落ち、レティシアは流れる雫もそのままに、唇に指を当てた。

彼がキスをした、その感触が蘇る。

本来のレティシアはロジックスとキスなどしなかったはずだ。甘い触れ合いも。

どうしてこうなったのかはわからない。それでも退くしかないのだ。

しばらく、レティシアは床に座り込んだまま動けなかった。開け放した窓から柔らかな風が吹き込み、そこに夕暮れを示唆するような冷たさが混じる。

ふっと顔を上げ、レティシアは重い身体をゆっくりと持ち上げた。

これからのことを考えて、行動を起こさなくては。

ふーっと身体中の空気を入れ替えるように息を吐き出し、レティシアはぐっと目元の涙をぬぐうとクローゼットへと向かった。

◆◇◆

「……何をやってるんですか」

今一番聞きたくない声に冷ややかに告げられて、ロジックスは舌打ちを堪えた。

「何も」

「御冗談を」

靴音高く図書室の中を移動してきたアイリスが、腰に手を当ててロジックスの前に立つ。

ソファに深く座り、片方の膝に足首を載せ、ひじ掛けに凭《もた》れかかる彼は気だるげで、どこか退廃的な色気が漂っている。

だがアイリスはそんな上司を一瞥《いちべつ》しただけでふんと鼻を鳴らした。

「たった今、レディ・レティシアからあなたが私に心を寄せているという情報を得たのですが、本当ですか」

「……何故そうなったのか全く心当たりがないんだが」

何故か彼女は頑《かたく》なにロジックスの運命の相手は別にいて、それは自分ではないというのだ。そして、それだけで終わらず離れていこうとする。

「――……一つお尋ねしますが、閣下。閣下はレディ・レティシアのことをどうするおつもりで？」

その質問はなかなかに鋭かった。

どうするつもりなのか。

初めは単に捜査の延長で、謎めいた病弱な令嬢の素行を調査するだけだった。

興味が湧いたのは、令嬢が灯台で暮らしていることを知ってからだ。あそこはポートエラルの港にくる船がよく見え、出入りが一目でわかった。それが何を意味するのか、想像に難くない。

やはりと思った。

彼女が例の件に関わっている可能性がある。

だが。

「まさか、本当に心を奪われたりしてませんよね？」

問うアイリスの声に冷ややかな怒りが滲み、それにロジックスは更に冷たい目を返した。

「君は本気でレディ・レティシアがこの件に関わっていると？」

思った以上に感情が滲んでしまった。それを敏《さと》い部下は十分に感じ取ったようですっと表情が落ちる。

「状況を精査して得た答えです」

感情のこもらないアイリスの返答に、ふん、と鼻を鳴らす。確かに状況から判断すれば、レティシアは怪しいだろう。そう考えたロジックスに気付いたアイリスが淡々と知った事実を並べていく。

「病弱な伯爵令嬢が選んだこの地でちょっとした異変が起きています。さらに彼女の妹と兄は霊薬を探して奔走し、当のご令嬢は植物市に興味がある」

私情を交えず事実確認をするアイリスに、ロジックスは煩《うるさ》そうに手を振った。

「だが黒だという確たる証拠はない」

きっぱりと告げれば、アイリスはきゅっと唇を引き結んだ。

確かにその通りだ。

「それに」

植物市で購入したらしい苗は、灯台裏手の畑に本当に植えられていた。大豆を育てたいと言っていた彼女の言葉は真実だった。

ひっそりと開墾されたそれを興味深く眺め、ロジックスは確信したのだ。

彼女は嘘《うそ》を言っていない、と。

不意にロジックスの脳裏に頬を染めて困ったように目を伏せるレティシアの顔が蘇る。なかなか合わない視線を無理やり合わせれば、そっと顔を上げた彼女の揺れる紅玉の瞳がこちらを映し、じわりと潤んでいく。

普段彼が社交界で関わる女性は、大抵がロジックスの興味を惹こうとあの手この手で迫ってくるというのに。

それをかわしたり、意味深なやり取りで膨らませたりする駆け引きを自分が楽しんでいた節もあった。

だがそういう打算が含まれた交際に最近では退屈していたのも事実だ。

そんな中、出会ったレティシアがロジックスに取った態度は、今までにないものだった。

「彼女がそんなことに手を出す理由はなんだ？」

低い声でそう漏らす。

彼女の体調不良が治ったという話は聞かないし、一人で滞在しているという灯台にも怪しい点はなかった。

彼女はただ……眩しいくらいに真っ直ぐに、日々を生きていた。楽しそうに。

ロジックス抜きで。

それがどうにも腹立たしい。

「……なるほど」

かすかに驚いたような声がアイリスから漏れ、ロジックスは眉間に皺を寄せた顔で直立する部下を見上げる。

「何が言いたい」

低い声が威圧的に尋ねる。それに彼女は屈することなく、美しい紫の瞳を剣呑《けんのん》に輝かせた。

「相手に絆《ほだ》されて足をすくわれる、なんてことにならないでくださいね」

挑発ともとれる言葉に、苛立《いらだ》ちが込み上げてくるが彼は表には出さなかった。代わりに深い溜息を吐いて目を伏せる。

胸の奥にともった、小さな炎。アイリスの安い挑発を受けて気付いてしまった、それ。

自分はどうしようもなくレティシアに惹かれている。

なのにどうしてこちらに踏み込んではくれないのか。

どうしてそんなに自分を拒否するのか。

拒否せずに、その身を投げ出してくれたら……受け止めて、きっと二度と離さないのに、どうして。

「彼女は我々が『銀嶺』に所属する存在だと知っています。やましいことがあって我々を近づけたくない可能性もあるかと」

もっともなことを冷徹に告げるアイリスに、ロジックスは苛立った。

そんなことはわかっている。

レティシアが……ジョアンナが、ロード・セオドアが……ランズデール伯爵家全体が「あの件」に関わっているのではないかと確かに最初は疑っていた。

「閣下が言う通り、確かに彼らが黒だという証拠はありません。でも限りなく近いです」

きっぱりと言い切ったアイリスの台詞に、ロジックスはゆっくりと目を開けじろりとアイリスを睨《にら》み付ける。

「わたしはそうは思わない」

「閣下」

「アイリス。お前だってそうじゃないのか？　ジョアンナに近づいたのは、霊薬を探して回る彼女を不審に思ったからだ。彼女が例の件に繋《つな》がるんじゃないか……そんな打算で近づいたんだろう？」

皮肉気に呟かれたそれに、アイリスは答えない。視線を上げれば、きつく唇をかみしめた彼女が、紫色の瞳をぎらぎらさせてロジックスを睨んでいた。

「……それがどうしたっていうんです？」

「……別に。ただ君も同じだろうと言いたかっただけだ」

吐き捨てるよう告げれば、アイリスの顔色が目に見えて変わった。

一瞬だけ滲んだ、上司に向けるにはあまりにも不適切な気配。

それは紛れもなく殺気で、ロジックスは少々驚いた。彼女がジョアンナにそこまで気を許しているとは思ってもみなかったのだ。

そんなロジックスの胸中など知る由もなく、ふっと小さくアイリスが笑う。

「かもしれませんね。でも……私は閣下とは違います」

挑戦的な発言にじろりと視線を向ければ、彼女は顎をあげ堂々とそこに立っている。

「ジョアンナはそんなことに手を貸してはいません。彼女の同僚として……友人としてずっと一緒にいたのですからわかります」

きっぱりと言い切るアイリスにロジックスは思わず目を見張ってしまった。

疑い深く、執念深く……自分が暮らした街を守るために『銀嶺』への参加を選んだアイリスは、そう簡単に『犯罪組織』を許しはしない。

ロジックス以上に、アイリスはランズデール伯爵家を疑っていたはずだ。だが、その一員であるジョアンナは違うと言い切った。

興味深く、揶揄《やゆ》するように片眉を上げて見せれば、彼女は眉間に皺を寄せてロジックスを睨《にら》み返《かえ》す。

「そう思った根拠は？」

にやりと笑って切り返せば、彼女はぎゅっとスカートの陰で両手を握り締めた。

「時間です、閣下。信頼に足ると判断するだけの時を……過ごしました」

「これは驚いた。君のことだから、彼女が周囲を完全にだましている可能性も捨てきれないんじゃないかと思ったんだが」

そうだ。どんなに純粋でいい人に見えても、腹の奥ではどす黒いことを考えている可能性は捨てられない。

思っていることなど、誰にもわからないのだから。

だが、アイリスはロジックスを見下ろしながら静かに告げた。

「ええ。だからこそ……私はこの件《けん》の大元を探し出して潰したいんです。今まで以上に」

それがたとえ、ジョアンナの家族だったとしても、ジョアンナを守るためなら。

彼女の胸に秘めた炎が、紫色の瞳の奥で赤々と燃えている。

そんな部下の様子に、ロジックスはそっと息を吐いた。

「ああ……」

彼女の決意に感心しながら、ロジックスもゆっくりと決意を固めていく。

レティシアが自分を拒絶するのは何故なのか。

例の件に関係していることは絶対に無いと思う。だとしたらどうしてここまで頑なにロジックスを拒否するのか。

(もしかして彼女は他に……好きな奴《やつ》がいるのか？)

その考えが脳裏にひらめいた瞬間、信じられないほどの焦燥と怒りが湧き上がってきた。

彼女が誰かを前に、あんな表情でキスをして、手を伸ばし喘《あえ》ぐのかと思ったら……——。

「そうだな、アイリス」

ゆっくりとロジックスがソファから立ち上がる。その彼の表情を見てアイリスは息を呑んだ。びりびりと肌が震えるような……威圧感まで覚えるようだ。

「閣下」

「今夜、港に向かう。ヘレン・ドーズの証言が本当なら連中の動きを掴めるはずだ」

ひらりと身を翻し、大股に……堂々と歩きだすロジックスにアイリスは背筋を正した。

「了解しました」

◆◇◆

ゲームの終盤、ロジックス・ルートでレティシアはアイリスを騙して船に乗せる。その先にある娼館に彼女を売り飛ばすためだ。

もちろん、今のレティシアはそんなイベントを起こす気もないし、娼館に知り合いなぞいない。

だが、船は持っている。

(これ以上あの二人の傍にいるのは危険だわ……)

自分の気持ちを自覚してしまった以上、彼らの傍にいるのはリスクしかない。

二人の気持ちを確かめ合うように促した今、レティシアは覚悟を決めた。

ゆっくりと暮れていく薄暗い寝室で、クローゼットから取り出した旅行鞄《かばん》に身の回りの物をせっせと詰めていく。

アイリスとロジックスが結ばれた瞬間、自分の身に何が起こるのか。

この気持ちはゲームに強制されたものではないはずだ。だがゲーム内のレティシアは、理由はどうあれロジックスに一番惹かれており、結局、現在のレティシアと状況的には一緒だ。

さんざん避けてきた悪役令嬢レティシアと、同じ境遇にいる。

つまり……何かのきっかけでアイリスに悪感情を抱かれれば破滅は間違いないということだ。

（そして……）

今は礼儀正しくレティシアに接するアイリスだが、その奥には冷たい何かが滲んでいるのも理解している。

ぱたん、と鞄を閉じ、レティシアはそれをベッドの下に押し込んだ。皆が寝静まった後、クラリッサを連れてここを出る予定だ。

腹心の侍女はレティシアの突拍子もない行動に疑念を挟まず、港に停泊しているランズデールの船に連絡を入れてくれた。あとは時がくるのを待つばかりだった。


体調不良を理由に晩餐への参加をパスし、レティシアはベッドの中でひたすらに真夜中を待った。

王都とは違い、夜に娯楽のない田舎では屋敷の人間もすることが無く就寝が早い。

ハインやロジックスが起きているだろうかと、うつらうつらしながら考えるうちに、そっと扉がノックされるのを聞いてはっとレティシアは目を覚ました。

「お嬢様」

素早くクラリッサが部屋に滑り込み、起き上がったレティシアに持っていた衣装を差し出した。

体型を隠す大きめの上着とズボンに、顔の半分まで隠れるハンチング帽。

手早くそれらに着替え、レティシアは引っ張りだした鞄を手に無言のまま部屋を出た
屋敷はしんと静まり返り、極力足音を立てないようにしても軋《きし》む床や、階段に当たる靴音なんかが鐘の音のように響いて聞こえる。

予《あらかじ》め用意していたジョアンナと執事への手紙を玄関ホールのテーブルに置き、そっと屋敷を抜け出したところでようやく呼吸ができた。

「ジョアンナ様にはなんと？」

「お客様がいらしているのにほぼ顔を出せないのが忍びないので、少し別の場所で体調を整えてきますと説明したわ」

街までの距離を歩けるか、少し不安があったが夕方から日付が変わってすぐまで横になっていたので、まだ動けるだろう。馬車を用意したかったが、それだとバレる可能性が高かったので我慢する。

「大丈夫ですか？」

広いアプローチを通り過ぎ、石造りの簡素な門から外に出る。

「大丈夫よ。灯台にいた時は一人で買い物にも行ってたし」

あの時は魔力を封印してはいなかったから自由に動けたのだが、今はこう言うしかない。実際クラリッサは元気に過ごすレティシアを見ていたのだし。

「無理はなさらないでください」

きびきびした口調の中に心配そうな色が滲む。

そんなクラリッサに、レティシアはきゅっと唇を引き結んだ。

「ありがとう」

今なけなしの体力を使い果たし、頭痛と吐き気、眩暈《めまい》に襲われたのだとしても船に乗ってしまえば問題ない。そこにいるのはクラリッサと使用人だけだし、ゲームのキャラは存在しなくなる。

ならば封印用の装具を外し、自由を取り戻しても問題ないだろう。

この道中で何か起きる可能性は低いから……。

（きっと大丈夫）

自分の見立てにほんの少し自信と楽観を取り戻し、レティシアは前を向いて歩き出した。

夜が深くなると寝静まる住宅地とは対照的に、活気を取り戻して明るくなるのが、宿や居酒屋の立ち並ぶ港町だ。

船員や商人が行き交うそこを、レティシアはうつむきがちに歩く。息が上がり意識がぼんやりしてくるが、ここまでくればあと少しだ。

周囲からは侍女と下男にしか見えていないようで、いかつい体格の水夫や目つきの悪い商人から探るような視線を受けることもない。

それでも周囲に警戒しながら歩いていると、ふと正面から騒がしい声がしてはっと身を固くした。

深夜に煌々《こうこう》と、宿泊施設らしき建物の入り口に金色の光が輝いている。その下でくたびれた上着に、潰れかけた帽子をかぶった男が、身なりのいい男性に突っかかっていた。

行き交う人はいつものことなのか、特に気にする様子もなく自分達の目的地へと向かって歩いており、レティシアも彼等にならって船へと急ぐことにする。

暗がりを歩くのも怖く、もめている人間を大きく迂回《うかい》するように道の端を行くと、不意に後ろを歩くクラリッサがレティシアの上着の裾を引っ張った。

「お嬢様」

小声でささやかれ、足を止めて振り返る。見れば、大きく目を見開いた彼女が先程の宿泊施設を凝視していた。

「どうかした？」

素早く問い返せば、彼女がぐっとレティシアの上着を更に強く引っ張った。

「見てください……あれ……」

促され、明かりの灯る入り口付近をよく見ると。

「！」

もめている二人の男性の横に、冷たい表情で立つロジックスと、彼に腰を抱かれたアイリスの姿があった。

ぎゅっと心臓が痛み、息が上がる。

慌ててその施設が何なのかもっとよく確認しようと、レティシアはレンガ造りの上品な門構えの上の金のプレートを見た。ホテルの名前が刻まれている。

では身なりのいい男性はベルボーイかなにかなのだろう。

皺の寄った上着の男性は引く気配を見せず、ボーイがうんざりした顔をする。ちらりと背後を振り返り、ロジックスに助けを求めたようだ。

彼がアイリスを庇《かば》うように一歩前に出て、そしてもめている男の手を取りぎゅっと握り締める。

その彼の仕草からなにか……心付けのようなものを渡したのだろうかと、レティシアはぼんやり二人を眺めながら考えた。

その後、男はふらふらとホテルの入り口から離れていき、ボーイがしきりと頭を下げる。それを鷹《おう》揚《よう》に見下ろすロジックスが再び、アイリスの腰を抱いて中に入ろうとして。

視線を上げた彼が何かを警戒するように辺りを見渡した。

彼の深く、高貴な金が混じるグリーンの瞳が鋭く、レティシアの上を通り過ぎ……戻ってきて止まった。

(やばっ)

ぱっと顔を伏せ、レティシアは上着の裾を握るクラリッサの手を取って再び歩き始めた。

「お嬢様?」

「見つかったかも」

足早に目的の船が停《と》まる港へと向かいながら、レティシアは喘ぐように呟いた。

見つかっていない可能性の方が高い。なにせレティシアは変装をしている。それに向こうはアイリスを連れて屋敷ではなく街の立派なホテルにいたのだ。

二人並んで、中から漏れる金色の光の中に立つ姿は……美麗なスチルのようで誰もが見惚《みと》れてしまいそうだった。実際、レティシアの瞼の裏にもしっかりと焼き付いている。

先ほどまでは人ごみを避けて歩いていたが、今はその中を突っ切り、大急ぎで歩いて行く。

(いいえ……たとえ私だとわかったとして……アイリスを置いて追いかけてくる理由がないわ)

ずん、と身体の奥が重たくなり、レティシアはきゅっと唇を噛んだ。

変装をしてまで港町に降りてきたレティシアを、恋人とホテルにやってきたロジックスが見たとして……できることは屋敷に人をやって本当にあれがレティシアだったのか確認するくらいだろう。

彼自身がわざわざ追ってくる必要はない。

(……あの後……どうするのかしら)

徐々に人がまばらになり、船が並んで静かに停泊する港へと近づいていく。

速足のせいなのか、今見た光景のせいなのか、鼓動が早く眩暈がする。

出港準備のため明かりをともすランズデールの船が見え、港に降りていたタラップに足をかけた。

(私にしたような……)

キスや、そのほか。

肌を辿る熱い掌。甘い疼《うず》きを促す指先。掻き抱く力強い腕……。

腰の奥で生まれたもどかしい疼きが胸を通って喉元へとせり上がってくる。それと同じことをアイリスにするのだろうかと、思い当たった瞬間。

「お嬢様!?」

がくり、と身体から力が抜け、レティシアはその場にへたり込んでしまった。

慌てたクラリッサが膝を突き、息を呑む。その様子からよほど酷い顔色なのだろう気付いたレティシアは無理にでも笑ってみせた。

だが……大丈夫、という言葉が出てこない。

大丈夫……じゃない。

たぶん……ずっと。

(なんで……)

じわりと目の奥が痛くなり、先程まで感じていたものとは違う、熱い塊がこみ上げてくる。

とうとう胸の熾火が、送り込まれた風によって大きく燃え上がってしまった。

それを呑《の》み込《こ》もうとして失敗し、レティシアの唇から嗚咽《おえつ》が漏れた。

慌てて俯《うつむ》き、レティシアはしゃくりあげて泣きたくなるのを堪えた。

肩を震わせ、大声で喚きたくなるのを必死に我慢する。

あの後、あそこで、ホテルの一室で、何が行われるのか……それを応援したのは自分のはずだ。これが最適解だと自分で選んだはずなのだ。

なのに、胸が痛くて身体も辛くて情けなさ過ぎて涙が出てくる。

(立って……レティシア)

十五の時に自分が悪役令嬢だと気付いてからずっと……その運命を回避するために生きてきた。運命を狂わせる存在と出会わないようにしてきた。

彼は……レティシアの死神だ。

それなのに、たった数日でレティシアの心はロジックスに奪われてしまった。

だが死ぬとわかっていて、その運命に身をゆだねられるほど自分は強くはない。

（なんで……）

ぼろぼろと大粒の涙が零れ落ち、しゃくりあげながらレティシアは必死に涙を止めようとした。

ぎゅっと目を瞑《つぶ》り、両手で顔を覆う。頑張って深呼吸を繰り返すレティシアの背中を、クラリッサが優しく撫でるのに気付いて、とにかく立たなくては、と両足に力を込めた。

その時だった。

「レティシア！」

鋭く名を呼ぶ、忘れられない声。

心臓が痛くなり、身体の奥から焦燥感が滲んでくる。

（だめッ）

今、彼に会うわけにはいかない。何のために……泣きながらここまで来たのか。

必死に立ち上がってよろけるようにタラップを登る。だが、トップスピードで走ってきたロジックスにかなうはずがなく。

（あっ）

背後から強引に抱き寄せられ、ふわりと彼が身に纏《まと》う香りが身体を包み込む。そのまま抱き上げられて、船べりで揺れるランタンの灯《あか》りの下、目深にかぶった帽子の中を覗き込まれた。

ぽろり、と灼熱《しゃくねつ》の雫が頬を転がり落ちる。

滲んだ視界がクリアになり、こちらを見下ろすロジックスの何かを堪えるような、懇願するような切羽詰まった顔が見えた。

「……どこに行くつもりだ？」

吐息が唇に触れそうな位置で、彼が囁く。熱を孕《はら》んだ声に、レティシアの身体が震えた。

脳内をめぐる感情を明確な思考や言葉にできず、彼女はただ首を振った。それが精一杯だ。

「……まあ、いい」

そんなレティシアを間近で見つめたまま、ロジックスがぽつりと零し、唇を塞がれる。

焼け付くような、一瞬の口付け。

その後、顔を離したロジックスはレティシアを抱えたままタラップを登り切り船へと降りた。

突然現れた紳士が、少年のような格好をした人間を抱いて悠々と船を歩く様子に、船員達が驚いて目を見張る。

「あのッ！」

彼の腕の中でぐったりするレティシアは、恐らく仰天しているであろうクラリッサの、それでも毅《き》然《ぜん》とした声を聞いて胸が熱くなった。

「お嬢様をどうするおつもりですか」

レティシアがロジックスを避けていることをクラリッサには話していない。だが、何か察するものがあったのだろう。そっと目を開ければ、公爵に立ち向かうように彼女がロジックスの前に回り込んでいた。

「……それは、彼女次第だ」

最小限に感情をコントロールした声が、ロジックスから漏れる。恐らく、誰もが裸足《はだし》で逃げ出したくなるような冷ややかな表情をしているだろう。

だが忠実な侍女は一歩も引かない。

「お嬢様はお客様がいらっしゃる屋敷では静かに療養ができません。ですから別の場所で体調を整えることになさったんです。それを……」

「心配いらない」

非難が込められたクラリッサの進言を遮り、ロジックスが淡々と告げる。

「彼女のことはわたしに任せてくれ」

「任せられません！　お嬢様が心痛に動けなくなったのは閣下のせいなのですから！」

語気に憤懣が混じり、怒りに肩を震わせ眉を吊《つ》り上げるクラリッサが見えた。

「……ほう」

ロジックスの声に、かすかに苛立ちが滲む。これ以上、優秀な侍女を矢面に立たせるわけにもいかず、レティシアは自分を抱えるロジックスの腕を掴んだ。

「……閣下。クラリッサは何も悪くありません」

冷たく侍女を睨んでいた彼の瞳がレティシアに向く。ランタンの灯りに濃く、深く、高貴な宝石の金緑に輝くその目を見上げながら、レティシアはわかってもらえるよう、身体から力を抜いて、彼の腕に身をゆだねた。

「今からそれをご説明いたします」

「お嬢様……」

冷静な侍女の言葉に震えが滲み、彼女を見たレティシアは笑ってみせた。

「大丈夫。ちゃんとお話しして……それから予定通り出航するから船室で待ってて」

ぐったりと目を閉じ、レティシアは船底にある船員が寝泊まりする部屋とは別の、一番大きな船室へと運ばれるままになる。

アイリスはどうしたのか。あのホテルで何をする気だったのか。二人は結ばれたのではないのか……。

そんな疑問を考えようとして、疲れ切って何も思いつかないことに気付く。

何故、彼がここにいるのか……そんなのまったくわからない。

(もう無理だわ……)

階段を下り、突き当りの一番大きな船室へと運ばれる。カーブした壁に丸い窓がある部屋の大きなベッドに下ろされ、レティシアの身体を包み込むようにロジックスが覆いかぶさる。

「どこへ行く気だった」

強張った声で尋ねられ、何もかもどうでもよくなっていたレティシアはヒステリックな笑い声をあげた。

「レティシア……!」

彼の熱い手が両頬を包み、奥歯を噛み締める彼が間近で覗き込んでいる。

どうしてそんな、咎《とが》めるような表情で見るのか。

気持ちが折れかかっているのは自分の方なのに……――。

そう思った瞬間、ぽろりと目の縁を残っていた涙が零れ落ちた。

「泣かないでくれ」

かすかに震えるロジックスの指先が涙をぬぐい、抱き締めようと身を寄せる。その彼の肩を力なく押し、レティシアは疲れ切った気持ちで首を振る。

「もう無理だからです……」

言葉が、胸の奥の苦くて大きな塊に押されて零れ落ちる。

「無理なんです……ロジックス様」

「何が無理なんだ？　どこへ行こうとしていた？　何故君はわたしを拒絶するんだ⁉」

激しく引き寄せられ、きつくきつく抱きしめられる。その腕の中でレティシアはかすれた声で囁いた。

「……何を聞いても……嘘だと疑わないと、今ここで誓えますか？」

重い……本当に重い一言だった。レティシアが誰にも言わずにおこうと思っていた『真実』。覚悟を秘めたそれに、ぎくりとロジックスの身体が強張った。

それから。

「何を聞いてもわたしの気持ちは変わらない。わたしは……君を――」

その台詞が彼の唇から零れ落ちるより前に、レティシアが遮るように唇を手でふさいだ。

そのまま、疲れたように笑う。

「それは、私の話を聞いてから判断してください」

告げれば、ロジックスの顔が歪《ゆが》む。不服だと、瞳だけで訴える彼をひたと見つめて、レティシアはゆっくりと口を開いた。

「閣下。私には……前世の記憶があります。その記憶が……この世界が……あなたとアイリスが結ばれるべきだと、そう告げているんです」

第七章　語られる真実

乙女ゲームという概念が説明しづらかったので、レティシアは『ここは前世で読んだ物語の世界に酷似している』と説明した。

物語のヒーローはヒロイン・アイリスと結ばれて幸せになり、それを邪魔した悪役令嬢であるレティシアは殺される運命にあるのだと、そう話したのだ。

（頭がおかしいと思われても別にいいわ……もう……耐えられそうにないもの）

ベッドに二人、並んで横たわり、更にはロジックスに抱きしめられているという状況も意味がわからないが、とりあえずこれで彼がレティシアから離れていってくれれば問題ない。

あとはレティシアが徹底的に『二人の物語』から距離を取ればいいのだ。

そして、距離を取る理由も……今の話で納得してもらえる。

今までため込んでいた『無理』を吐き出したせいで、妙にすっきりしていた。彼が何も言わないのも苦にならない。……というか、言う言葉もないのだろう。

「君は……本当にそれを信じているのか？」

長い沈黙の後、そっと身を起こそうとするレティシアを両腕に囲い込んだまま、耳元でロジックスが呟く。

そこにかすかに混じった怒りに気付き、レティシアは少し震えた。

「信じるというのとも少し違うんです……この作品のヒロインであるアイリスが望むことこそが正しく、彼女がロジックス様を選んだのなら『そうなる』のが運命なんです」

淡々と告げれば、ロジックスが軽蔑するように鼻を鳴らすのがわかった。

その態度に、レティシアはむっと眉を寄せた。同時に心の中で「やっぱりそうよね」と諦観もする。

普通、こんな話を聞いて全部を鵜呑《うの》みにする人間などいないだろう。

「信じられないのも無理はありません。でもわかってほしいんです」

今度こそ彼の腕の中から逃れて身を起こし、同じように身を起こしたロジックスに、ぎゅっと両手を握り締めて訴えた。

「ロジックス様とアイリス様が結ばれる運命にある以上、私はお二人に関われません」

そして二人は……ホテルにいた。

そこから何故自分を追ってきたのかわからないが、これ以上惑わせないでほしい。

「……運命、ね」

そんなレティシアの切なる願いに、ロジックスが呻くように答えた。それから手を伸ばし、彼女の両手を取って握りしめた。

「……君はわたしが……君を殺す人間にみえるのか？」

ゆっくりと告げられて、彼女は唇を引き結ぶ。それから目を伏せて首を振った。

「わかりません。今の段階ではそんなことはないと思います。でも……アイリスが私を嫌っていたら……可能性はあります」

「……わたしがアイリスの願いを叶えるためだけに、君を殺すと？」

「……はい」

滑稽な内容だと思うが、何があるかわからないのだ。一つ頷《うなず》いて見せると、案の定、ロジックスが呆《あき》れたように盛大な溜息を吐くのがわかった。

「君は自分の目で見た『わたし』よりも、その意味のわからない、前世で読んだ物語の内容を信じるというのか？」

かすかに混じる嘲笑に、レティシアは思わず語気を強めた。

「閣下はご自分で経験していないからそんなことが言えるんです！　実際、私の周りの人達は物語の登場人物ですし、『銀嶺』だって存在したしそれに――」

「内容は？　君が今生きているこの時間は……その物語の通りのストーリー展開なのか？」

鋭く尋ねられて、レティシアは言葉に詰まる。

展開は……全く違う。ゲーム内でこんなにレティシアにロジックスが絡んでくることなどもちろんないし、そもそも銀嶺への参加を自ら回避したのだ。

「……違うんだね？」

じわりと滲んだ甘さに、レティシアが気付いて顔を上げるより先に、ロジックスがそっとレティシアを押し倒した。

ベッドが軋み、スプリングと柔らかな敷布を感じて目を丸くすると、こちらを見下ろすロジックスの瞳から、高貴な金色の光が消え暗い森の奥のような濃い緑色に輝いていた。

ぞくりと腰から背中に向かってむず痒《がゆ》いような痺《しび》れが走っていく。

「登場人物が同じで、役割も同じで……だが内容は違う。ならばそれは、君が知る物語通りではないということでは？」

ゆっくりと顔を近寄せたロジックスが、唇に吐息が触れる位置で囁く。

彼が身に纏う、どこか爽やかで深呼吸がしたくなる香りに包まれ、身動きが取れない。

どきどきと煩く鳴り響く鼓動が、レティシアの中の「ダメだ」と諌《いさ》める理性の声をかき消し、欲望のままに身を投げ出したくなる。

「君は、わたしが殺さねばならないような真似を一つもしていない。稀代《きたい》の悪女でも世を混乱に陥れる魔女でもない。それとも君は……」

恐怖に身が震えるような、貫くような怜悧《れいり》な眼差しを向けられてレティシアの身体が凍り付いた。

「何か、わたしに罰せられるような真似をしているのかな？」

奥底まで見通すような、嘘を許さないと告げる眼差しにレティシアは首を振った。

「そんな真似……してません……」

かすれた声で、喘ぐように告げればじっとレティシアの底まで見通すような眼差しがようやく緩んだ。

「では、何も問題はない」

告げて、彼の手がレティシアの着ていたぶかぶかの上着のボタンを外してはだけさせ、現れたシャツの襟もとに手をかけると、乱暴に引きちぎった。

「⁉」

ぎょっとして目を見張るレティシアの、現れた真っ白な肌にロジックスが唇を寄せる。細い鎖骨の辺りをきつく吸い上げられて身体が強張った。

「ロジックス様⁉」

「……君はわたしに殺されるという。わたしはアイリスと結ばれる運命だからと。ならば――」

再び、別の場所を吸い上げられて、鈍い痛みに喘ぐような声が漏れた。

反射的に逃れようと身体をずり上げるレティシアだが、逆に腰を掴まれて引き戻され、のけ反る首筋に噛みつかれた。

「ああっ」

腰を掴む片手が背中に回り、掻き抱かれて口付けられる。それから逃れようと背を反った結果、破れたシャツの間からコルセットをした胸が突き出る形となり、すぐにロジックスの唇の餌食になった。

性急な手が、コルセットの紐《ひも》を乱暴に外し、硬いボーンに包まれた生地が緩む。しわくちゃになったシュミーズを手早く下ろされて、薄くピンクに色づく胸の先端が露《あらわ》になった。

「だめ」

弱々しい反論がレティシアの唇を突いて出るが、ロジックスは構わずにその先端に唇を寄せた。

「っあ！」

身体が快感に震える。

そのまま彼は胸の先端を舌や歯で嬲《なぶ》り、時折唇に含んで吸い上げる。転がされ、舐《ねぶ》られ、空いた方の胸は彼の乾いた大きな手に包まれて愛撫《あいぶ》される。

ゆっくりと円を描くように、時折強く掴むように揉《も》みしだかれ、レティシアの頭がぼんやりとしてきた。

「あっ……んっ」

甘い吐息が時折漏れ、もどかしい疼きがじわりじわりと身体の奥に溜《た》まっていく。

「レティシア」

柔らかな、真っ白い果実に飽いたのか、顔を上げたロジックスが指先で先端を弄《いじ》りながらゆっくりと身を持ち上げた。

ほの暗く、欲望が影を差し、濃い緑に沈む彼の瞳に、同じようにうっとりした表情のレティシアが映る。それを見つめていると、ロジックスが軽くキスをした。

「今から君を抱く」

「っ」

きっぱりと告げられた言葉に、レティシアが大きく目を見張った。その彼女の頬を、包み込むように触れた手でゆっくり撫でながら、ロジックスは溶鉱炉のように溶けて熱い声で先を続けた。

「君の運命は、ここでわたしに抱かれて……わたしに愛されて……」

言いながら、彼の手がレティシアの身体をなぞるように降りていき、ぶかぶかのズボンのウエストに触れた。慌てたレティシアが拒むように力を入れる前に、あっさりと下ろされ、細い脚から引き抜かれてしまう。

ひんやりとした空気が、包むもののない太ももに触れ、心許なさから慌てて身を起こそうとした瞬間、彼の手が柔らかく真っ白な太ももに触れた。

肌を堪能するようにのんびりと表皮を撫でたあと、内ももから膝裏へと移動した彼の手が、ゆっくりとレティシアの脚を持ち上げた。

「わたしの妻になることだよ？　愛するレティシア」

「！」

これからされることへのかすかな恐怖と羞恥心が、続いた彼の言葉に打ち砕かれる。

愛するレティシア。

そんな言葉は彼女の知るゲームの世界にには存在しない言葉だ。

お腹の奥から震えが押し寄せ、全身から力が抜ける。押し寄せる期待と安堵《あんど》を必死に押し戻そうとしながら、レティシアは真っ直ぐにロジックスを見つめた。

「……それって……あの……」

震える唇に身体を倒したロジックスがキスを落とす。舌が愛撫するように熱く柔らかな皮膚を撫で、おずおずと開かれた唇から中に押し入って来る。

両腕に閉じ込められ、彼から与えられる口付けだけが現実になる。夢中で応えていると、ゆっくりと身体を離した彼が、持ち上げた彼女の脚の、膝の横にキスをした。

「ひゃ⁉」

くすぐったい刺激に声が漏れる。

「ここも」

びくりと強張った、柔らかな膝の内側にロジックスは嬉々《きき》として口付けていく。

「ここも」

甘い痺れが身体を走り、足の付け根にじわりじわりと熱が溜まるようで、もどかしさを逃すようにレティシアは身を捩《ねじ》った。

「そんな風に可愛《かわい》らしく悶《もだ》える様子も全部、愛している」

こんな場所に触れられたことなどなくて、どうしていいかわからないというのに、そんな風に囁かれたら心臓が破裂しそうだ。

喘ぐような吐息を漏らし、滲んだ視界にロジックスを映せば、彼が低く呻いて、その熱い唇が熱心に太ももの裏を辿り、もう片方の足首を掴む手が宥めるように腱《けん》を撫でた。

身体の奥に募《つの》る、引き絞るような痛みをこらえていたレティシアは、ゆっくりと脚が開かれるのを感じて、慌てて閉じようとした。

「ダメだよ、レティ」

柔らかな叱責と同時に、太ももの付け根に唇を押し当てられて鋭く足の付け根が痛み、身体が震える。

力の抜けた両脚をゆっくりと割られ、露になったドロワーズの、ぴんと張った布地にロジックスがそっと人差し指を押し当てた。

「ここも、愛させて」

「きゃっ」

鋭い……全く識《し》らない感触にレティシアが悲鳴を上げた。それに押されるように、熱っぽく微笑んだロジックスが布地の上から引《ひ》っ掻《か》くように、彼女のとある一点を攻めていく。

「やめ……あっ……あんっ」

布地を通した、ぼんやりとした刺激に彼女の腰が跳ね上がる。それに気をよくして、ロジックスは指の先で激しく尖《とが》りを撫でて追い詰め始めた。

彼の動きに同調するようにレティシアの腰が揺れ、快感が身体の奥に溜まっていく。それを夢中で追ううちに、やがて溜まりに溜まった快感が緩やかに弾け、目の前が真っ白になった。

「ッあああああ」

押されるように嬌声《きょうせい》が漏れ、快感を追い続けて緊張した身体が震える。やがてじわじわと力が抜け、鼓動が耳元で激しく鳴り響き、重く甘いだるさが全身を襲った。

前世では自分で触ることもあった。だが、他人の荒々しい手で追い込まれて感じた快感は、眩暈がするほど激しかった。

深く、長い呼吸を繰り返していると甘く震える足の付け根を、熱く大きな掌が覆う。

「あ」

意に反して跳ね上がる身体を宥めるようにその手が撫で、やがてスリットからゆっくりと硬い指先が侵入してきた。

「……濡れてる」

くちゅ、と水音がし、かあっとレティシアの顔に血が昇った。だが恥ずかしがる余裕を与えず、ロジックスがゆっくりと指先を秘裂に侵入させ、蜜口を揶揄うようになぞり、次々と蜜が溢れるよう快感を煽《あお》った。

「んっ……」

達したばかりの身体が、鈍い痛みを伴う快感に震える。直に触れているため、レティシアの反応を敏感に感じとるのか、彼がゆっくりと雫を零す泉へと指先を押し込んでいく。

「ひゃっ」

先ほどの鋭い刺激とは逆の、鈍い快感がじわりと身体の奥から湧き上がり、侵入者である彼の指を捕らえるように締め付ける。

それを振りほどくよう、ロジックスが指を動かし熱く湿った秘所をかき乱し始めた。

「あっ……んんっ……ふっ」

お腹の上の方を押され、指の腹でこすられると鈍く甘い快感を貫いて鋭い刺激が走る。意思に反して腰が浮くのを彼は見逃さなかった。

「ひゃあ……あ、だめ……やぁ」

彼女が感じる一点を時に強く、時に柔らかく刺激し、その緩急にレティシアは翻弄された。あられもなく腰が揺れ、彼の手に押し付けるように動くのを止められない。そんな彼女の身体をロジックスが撫で、突き出される胸元の先端に唇を寄せ舌を絡める。

もどかしい熱に両端から攻められて、溜まる快感が開放を求めて渦を巻く。

「もっと……感じて」

熱く甘い声が耳朶を打ち、胸元の果実から離れたロジックスが喘ぐレティシアの唇を塞ぐ。

夢中で求められて、それに応えていると、レティシアの中を暴く手が、刺激に尖って震える花芽に触れた。

「んんんぅ」

触れ合う唇からくぐもった悲鳴が漏れた。

苦しそうなそれに唇を離したロジックスが、首筋で囁く。

「そう……いいよ、レティ……もっと求めて」

「あっあっあ」

激しく内側の感じる場所と、外側の花芽を同時に攻め立てられて、膨れ上がる快感に思考が溶けていく。

意識が端から巻き上げられ、目の前が白く明滅しレティシアは再び激しい開放に晒《さら》されて喉を逸らした。

「あああああっ」

悲鳴のような嬌声が漏れ、先ほどよりももっと激しい緊張と緩和に身体が震える。

呼吸が荒く、強張っていた足から力が抜ける。くったりとベットに横たわるレティシアは、身体中に満ちる熱を押して、ゆっくりと視線を上げた。

淡く、滲むランタンの灯りの下で、ロジックスが自身の衣服を乱暴に脱ぎ捨てる姿が目に飛び込んできた。

もどかしそうにタイやシャツを引っ張り、床に放り投げる。

「あ……」

引き締まった身体が露になり、レティシアは息を呑んだ。やや日に焼けているのは、『銀嶺』での訓練の所為だろうか。

綺麗だとすら感じる彼の体躯に見惚れ、腹筋の割れた腹部や、引き締まった腰、たくましい胸や首筋へと視線を上げ、自分を見下ろすロジックスと目が合う。

その瞬間、彼の緑の瞳が熱く燃え上がるのがわかり、宿るぎらぎらした光に射竦《いすく》められた。

「レティシア」

高熱に溶けた金属のように……低く重い声がレティシアの身を包み、疲れていたはずの身体の奥が震える。ゆっくりと身を伏せた彼が、緩慢な動作で彼女の足を持ち上げて開く。

鼓動が激しくなり、レティシアは気怠《けだる》さを貫いてじわじわと欲求がこみ上げてくるのがわかった。

熱く潤って蜜を零す秘所の、その奥。深い先に、彼を感じたい。

とろとろと溶ける足の付け根に、酷く熱く硬いものが触れレティシアの身体を電撃が走った。

びりびりと脳天にまで届く、期待を伴った刺激。

やがてそれが、酷くゆっくりと濡れたレティシアの秘裂をなぞり、これから起こる交わりを連想させるように動き始めた。

自分の愛液と彼自身からあふれ出る先走りとが混じり合い、濡れた音が辺りに響くようで、レティシアは真っ赤になった頬を枕に埋める。

その耳元に、すかさずロジックスが唇を押し当てた。

「まだだよ、レティシア」

秘裂を突く角度が変わり、硬い楔《くさび》の先端が尖る花芽に当たる。

「ふあっ」

くぐもった嬌声が漏れ、きゅっとレティシアのつま先が丸まる。その様子に甘く微笑んだロジックスが酷くゆっくりと花芽を突き、レティシアの快感を煽っていく。

「も……やぁ……」

じれったいほどゆっくりと、熱い楔で刺激され、レティシアは堪えるようにぎゅっとシーツを握り締めた。

彼の動きに合わせるように、彼女の腰が揺れる。

くちくちと音を立てて触れ合わせていたロジックスが、低く呻くような声を上げてレティシアの頬に触れた。優しい彼の手に促され、ゆっくりと正面を向けば、身を起こしたロジックスが汗に濡れた髪を掻き上げ、震えるほど熱い視線で自分を見下ろしている姿が目に飛び込んできた。

「これから……」

ゆっくりとロジックスが告げる。

「これで、君の身体を貫く」

「ひゃあ」

蜜口にじわり、と硬く大きなものが触れ、胸が高鳴る。

「もう二度と……わたしが君を殺すなんて幻想を抱かないよう……これから君が誰のものになって、誰と一緒に生きていくのか教えてあげる」

ぐ、と彼の楔が押し込まれ、ちり、と蜜口が引《ひ》き攣《つ》ったように痛んだ。

「あっあ……」

自分とは違う、異物が押し込まれて引き裂かれる感触に恐怖がせり上がり、喉から悲鳴が漏れた。

だがそれは、ゆっくりとしたロジックスの動きに徐々に緩和されていく。

浅い位置を彼の楔のくびれでじわじわとこすり上げられ、もどかしい感触が積み重なっていく。それを酷く疼く身体の奥へと広げるように、彼は緩慢な動きで奥へ奥へと楔を進めていった。

時折苦しそうな吐息が彼から漏れ、レティシアは淡く霞《かす》む視界に歯を食いしばるロジックスを見て、きゅっと心臓が痛むのを覚えた。

「っ……レティシアっ」

「ひゃ」

感情と身体が繋がっているのだろう。きゅんとした心臓の痛みは同じように彼を受け入れている密壺にも作用するようで、きゅっと甘く締まったレティシアの蜜壁がロジックスの楔の形を正確にとらえた。

「そんなに……絡みついたら……」

呻くようにロジックスが告げ、酷く苦しそうにゆっくりと楔を押し進める。

「ああああっ」

異物感に強張るだけだったレティシアの中が、先ほどとは全く違う快感を拾う。甘く溶け、でも彼の熱を離すまいと締め付ければ付けるほど、緩やかな律動を刻む楔のくびれや硬さを鮮明に感じて身体の奥が熱く潤っていく。

「少し待って、レティシア……一番……奥まで辿《たど》り着《つ》いたら、望みのものをあげるから」

自制心を総動員したかのようなロジックスの切羽詰まった声が降ってくる。押されて漏れ出る嬌声を堪えて唇を噛むレティシアは、そっと首筋をなぞられて甘い声を上げた。

「あんっ」

刺激に再び身体の奥がきゅっと締まり、ロジックスが鋭く息を吐いた。

「まだ……もう少し」

じわりじわりと隘路《あいろ》を攻められ、彼の灼熱の楔がとうとう最奥まで辿り着く。

「んっ……」

いっぱいに満たされた状態で動きが止まり、彼の楔を捕らえた蜜壁が隅々まで彼の形に押し広げられる。

「あっ……あ……」

動かないもどかしさと、動き始めたらどうなるのだろかという期待と恐怖に全身がしびれていく。

だがそれは甘美な猛毒で、ロジックスの荒い呼吸と内側で感じる楔がじわりと重く硬くなる感触と相まって理性を溶かしていく。

「さあ……これで君は名実ともにわたしのものになった」

ぐり、と身体の奥をえぐられてレティシアの喉から悲鳴が零れ落ちた。

「信じる気になったか？」

彼女の足を割る手が、太ももの内側を撫で甘い毒は腰から全身へと回っていく。

「それ……は……」

こんな展開はもちろんない。レティシアがロジックスに抱かれるなんて……乙女ゲーなら絶対にない展開だ。

「どう？　ちゃんと教えて。君は誰に愛されてるの？」

（わ……たし……ロジックス様に……愛されてる……？）

そう思った途端、身体の奥がきゅうっと痛み、甘い疼きが脳天まで駆け上がる。

「あっ……」

腰の奥が震えちかちかと白いものが瞼を襲う。

（な……に……？　いまの……）

ぞくぞくしたものが止まらない。かすかに震え、熱くなるレティシアの身体と膣内《なか》の変化に気付いたロジックスが低く甘く……妖しく笑った。

「なるほど、身体は正直だね」

彼が身体を伏せ、繋がるレティシアの腰が動く。絡みつく楔の位置が変わり甘やかな嬌声が漏れた。

「君はわたしに愛されて……感じて……求めている。それが何故かわかる？」

ロジックスから向けられる言葉も、好意も、愛情も、約束も。そのすべてを求めるレティシアの心は一体なんなのか。信じようと思うのはどうしてなのか。

「私も……」

喘ぐように、レティシアの唇から言葉が漏れる。

何も考えられない中、触れあった感触と溢れる思いのまま、レティシアはかすれた声で告げていた。

「……あなたを愛してる」

言った途端、心の中の枷《かせ》が外れ、泣きたいくらいに心が震えた。熱い雫がレティシアの頬を伝うのを見たロジックスは誰も聞いたことがないであろうほど優しく、甘く……そしてかすかに獰猛《どうもう》な色を交えて答えた。

「……では、望みのままに」

ぴったりと隙間なく触れあっていたレティシアの蜜壁を引《ひ》き剥《は》がすように素早く楔が抜けていき、レティシアが切なさを訴え、押し込まれた熱を繋ぎとめるよう隘路が締まる。

刹那、楔が抜け落ちるぎりぎりで、素早く重く突き入れられて意識が真っ白になった。

先程の比ではないほどの衝撃。

ずん、と奥に深く、響くように貫かれて目の前がちかちかする。

喘ぐような声が漏れた、その瞬間、再び勢いよく抜かれて貫かれる。

「ああっ」

鋭すぎる快感にレティシアの思考がばらばらになった。

あられもない声を上げ、抜け落ちる切なさと押し込まれる衝撃に翻弄される。

浅い所を軽くこすられた後に深く突き入れられる。それを繰り返され、レティシアはもどかしさとその後に襲ってくる未知の快感への恐怖から腕を伸ばし、縋るようにロジックスに抱き着いた。

「あっあっあ……ロ……ジックス様っ……あぁっ」

切なく懇願するような声が漏れ、肌に触れるしっとりとした熱を求めて手が彷徨《さまよ》う。

固く、たくましい彼の背や肩、腕を撫でればレティシアを責め立てるロジックスの喉から唸《うな》るような声が漏れた。

「レティシア……可愛い……」

囲うようにぎゅっと抱きしめられ、耳元で囁かれた言葉にぎゅっと身体の奥が締まる。それに促されるように、ロジックスの動きが早く激しくなっていき、快感が積み重なっていく。

「可愛い……愛しい人……」

腰を持ち上げられ上から激しく突かれて、レティシアの世界が端から崩壊していった。

理性も思考も心配事も、何もかもどうでもよくなり、甘い霞《かすみ》の果てに消えていく。ただロジックスから与えられる熱と鋭すぎる快感、自分を包み込む彼の熱だけが全てになり、何かを欲しいと願う気持ちだけが満ちていく。

「おねがい……ロジックス様……ロジックス様ぁ」

熱に浮いた声が喉から漏れ、必死に彼にしがみ付く。身体の奥が溶けていき、何もかも混じり合って、体温すらも同じになると、どこからが自分でどこからが愛する人なのかわからなくなった。

やがて、彼の動きに合わせて動く腰の一番奥を熱すぎる楔がえぐり、ぎりぎりまで堪えていた快感がとうとう弾ける。

「ああああああ」

頭のてっぺんから爪先まで快感が走り、全身を震えが襲う。放り出され、落下していくような感覚のなか、レティシアは嬌声を上げながら、見上げたロジックスが何かを堪えるように眉間に皺をよせ、でも愛しそうに熱を宿す瞳でこちらを見下ろす表情を瞼に焼き付けた。

「レティシア……」

苦し気な声と同時に、身体の奥でつながる硬い楔が熱を吐き出し震える。

濡れて締まる内側に、切れ切れの吐息がレティシアの唇から漏れた。それを塞ぐように激しくキスをされ、やがてそれも宥めるように柔らかく……懇願するようになった。

「んっ……」

何度も何度も斜交《はすか》いに唇を重ねられ、快感から放り出された直後の身体が甘く重くなっていく。

ふっと、軽く触れあう唇に、微笑むような感触を捕らえ、レティシアはぼんやりと間近にあるロジックスの顔を見上げた。

彼は指先でレティシアの頬をなぞりながら甘い声で囁いた。

「……わかっただろ？」

その一言に、ぞくりとレティシアの身体が震えた。

もう戻れないと、そんな言葉がぽかりと胸の奥に浮かぶ。

「もう……どこにも行かせない」

続く言葉にレティシアは目を閉じた。

全身に満ちるロジックスの感触。それは自分を殺す人間が持つものだとはどうしても思えない。愛しそうに撫でる手も、軽くキスを繰り返す唇も。

（私の運命は……変わったんだわ……）

アイリスとの仲をもう……疑うこともしなくていいのだ。

その事実はじわじわとレティシアの中に幸福をもたらし、ようやく悪役令嬢という運命から逃れることができたのだとはっきり確信しながらレティシアはゆっくりと目を閉じた。

どんな未来があるのかわからないが……それは後で考えよう……。

そこでレティシアの意識は、ゆったりと身体を撫でるロジックスの手の温かさに誘われ、甘美な暗闇の中に沈んでいったのである。

◆◇◆

上司が突然、通りの向こうの少年に目を留《と》めて慌てて追いかけていき、それから帰ってこない。

ホテルのラウンジに一人残されたアイリスは、コーヒーカップをテーブルに戻すと溜息を吐いて立ち上がった。

もうこれ以上、帰ってこない上司を待ってなどいられない。

（私には任務があるのよ）

自分が暮らしていた小さな町で起きた小さな事件。

それは服用した人間が高揚と幻覚に酔い、身を持ち崩す『幻想薬』による事件だった。

本人が望む世界を見せてくれるその薬は、じわじわとアイリスの町を侵食していった。

『幻想薬』に呑まれた人達は人間らしい生活を手放し、下町の狭苦しい地下にひっそりと作られた店で、寝食も忘れて自らが脳内に描き出す幻に熱中した。

薬が切れると暴れ出し、なにをしても『幻想薬』を手に入れようと必死になった。

アイリスの家族もその売買に巻き込まれ、父が逮捕された。

のどかな小さな町をいっぺんに地獄に変えたその犯罪を、アイリスは絶対に許さない。

それが、彼女が『銀嶺』に参加する動機だ。

今夜このホテルで、『幻想薬』の売買に加担しているらしい人物が取引を行うとハインが情報を掴んだ。現場となる部屋の番号は事前に聞いているし、間取りも頭に叩《たた》き込《こ》んだ。あとは隣の部屋から窓を伝って会合のある部屋に移動し、バルコニーに潜んで彼等を捕まえるだけだ。

風魔法が得意なアイリスにとって、バルコニーからバルコニーに移動するくらい造作もない。作戦には二人以上で当たるのが鉄則だが上司が職務を放棄したのだから仕方ないだろう。

ざわめくラウンジを抜け、人の波に紛れるようにして四階にある用意した部屋へと向かう。

一人で事態に対処するのは初めてだが、外にはハインが待機しているし大丈夫だろう。

（必ず……必ず彼等を捕まえてみせるわ）

ぐっと奥歯を噛み締め、アイリスは静かに部屋のドアを開けると中に滑り込んだ。

ぱたん、と扉を閉めてほーっと息を吐く。それから部屋の中を見渡し、ぎくりと身体を強張らせた。

部屋の中央、据えられたソファに誰かが座っている。

ぞっと身体の血が冷え、アイリスは身構えた。計画ではここにやって来るのはアイリスとロジックスの二人だけだ。ハインは別行動をしているし他に仲間はいない。

では自分たちが追う相手に感付かれたということか。

「誰？」

こうなっては自分一人で対処するしかない。

鋭い声で誰何《すいか》すれば、ゆっくりとソファに腰かける人物が立ち上がった。

「待ってたよ、アイリス・カルデュラ」

正確に名前を言い当てられて歯噛《はが》みする。

どこから情報が漏れたのだろうか。やはり……レティシア・レイズからだろうか。

暗い、部屋の明かりを受けながら謎の人物が振り返る。

ゆらゆらと蠟燭《ろうそく》の光に照らされた姿に、ふとアイリスは見覚えがあることに気付いた。

（この男……！）

一歩片足を引き、腰を落として睨み付ける彼女の元にぶらぶらと男が歩み寄って来る。

もじゃもじゃの灰色の髪と、同系色の顔を覆う髭《ひげ》。

「あなた……」

数日前に出かけたレストランでマルト子爵が知り合ったという、現地の男性。

それでは協力者なのか、と訝《いぶか》し気《げ》に見つめていると、彼ががしがしと頭を掻《か》いた後、おもむろに自らの髭を引っ張った。

「ここにはサマースウェイトと二人で来るんじゃなかったのか？」

灰色の髪と髭がなくなり、現れたのはジョアンナとよく似た金髪に青い瞳の端正な顔立ちで。

ひゅっと、アイリスは息を呑んだ。

「ど、どうして……」

そこには銀嶺の任務を後回しにし、勝手に動き回る伯爵令息が立っていた。

「セオドア卿《ロード・セオドア》が……なんでここに⁉」

◆◇◆

船べりを叩《たた》く波音と、ゆらりと大きく揺れる感触にベッドの中で目を覚ましたレティシアは、ゆっくりと瞬《まばた》きをする。

素肌に感じるシーツと掛け布の柔らかさに戸惑いながらそっと身を起こせば、オレンジ色の灯りを宿したランタンが船内をぼんやりと照らしていた。

どこかが軋むような音に周囲を見渡し、レティシアは掛け布を身体に巻いてそっと床に降り立つ。

途端、身体の節々が痛み、足の間がひりつくように痛んだ。思わず座り込み、足の間に何かが挟まっているような感触に動揺する。

頬が熱くなるのを覚えながら、レティシアは数度深呼吸をした。

脳裏に浮かぶのは、すん、とした表情で社交界を睥睨《へいげい》していた貴婦人たちの姿。一度しか見たことがないが、彼女たちは既婚者で母親だった。

と、いうことは……。

（あ……あんな華奢《きゃしゃ》で触れたら折れそうな人もこんな激しい行為を……）

うぐぐ、と謎のうめき声を漏らしながらレティシアはゆっくりと立ち上がる。彼女達が乗り越えられたのだから、それよりも頑丈そうな自分が乗り越えられないわけがない。

再びそろりと足を動かし、誰もいない部屋をふわふわした足取りで横切り、丸窓から外を見た。

そしてそこに広がる世界に息を呑んだ。

空の端には月がかかり、煌々と辺りを照らしている。海は深い深い藍色でいっそ黒く見えるほどだ。かすかに波が立っているようで、崩れる波頭が月明りを反射して、銀色の雫を零していた。

先ほどまでいた港の喧騒《けんそう》から遠く離れた静けさと、人が生きていけない世界がどこまでも広がっている様子に久々に恐怖を覚えた。

海の傍で暮らしていた前世。

それは自分にとって馴染みのある世界であると同時に、人間が足を踏み入れていいのはほんの一部で、決して侮ってはいけない恐怖の対象でもあった。

大人たちが海の危険について語るときに、必ず出てくるのが「帰ってこられなくなる」というフレーズだ。

そこに上って落ちたら帰ってこられない。

ここから先に泳いで行ったら帰ってこられない。

ここから飛び込んだら帰ってこられない……。

明るく綺麗で人を呼び込む美しさを持つ反面、慈悲のなさも持っていることをレティシアは改めて思い出した。

（……それでもこの美しさに魅せられて……人は遠くに行きたくなるのよね……）

ざわざわする恐怖の底にある、好奇心。そのことを思いながら、窓から外を眺めていると不意に重い足音がしてゆっくりとドアが開くのがわかった。

はっとして振り返れば、驚いたように目を見張るロジックスが立っていた。

「もう起きたのか」

掠《かす》れた甘い声が囁き、レティシアは身体の違和感とそれを生み出した相手に赤くなる。

動揺を悟られないよう、視線を逸らして頷けば、彼は持っていた洗面器と真っ白な布を揺れないように固定されたテーブルに慎重に置いてから、ゆっくりとレティシアに歩み寄った。

それから掛け布ごとぎゅっと彼女を抱きしめた。

「痛い所はない？　気持ち悪いとか……吐きそうだとか」

そっと尋ねられて、レティシアは俯く。

「身体が軋んで……足の間に違和感が……」

素直にそう告げれば、抱きしめる手が労わるようにそっと彼女の腰を撫でた。

「それは大変だ」

ひょいっとレティシアを抱き上げ、驚く彼女をそのままベッドに寝かせる。持ち上げた視線の先で、彼は先程置いた洗面器とタオルを持って彼女の傍らに腰を下ろした。

「手当てしないと」

「ええ？」

目を丸くする彼女をよそに、洗面器のお湯に浸した布を絞り、いまだに身体に巻き付いている掛け布の隙間から手を差し入れる。

「んっ」

太ももの辺りにじんわりと温かなタオルが触れ、レティシアの唇から甘い声が漏れた。

ぴくり、と身体が震え、掌にそれを感じたのか、ロジックスがゆっくりと布を持ち上げて、今度はしっとりと濡れた秘所に当てた。

「んぅ」

今度も甘い声が漏れる。

身体には、今さっき教えられた疼きが熾火のように残っており、新たな刺激にゆらりと炎を上げる。

ゆっくりと秘裂をなぞり、身体を清めてくれるロジックスの手だが、何故か新たに快感を煽られるようでレティシアは下肢でうごめくロジックスの手首を掴んだ。

「あ……あとは自分で……」

だが「やります」という言葉は、ゆっくりと掛け布を取り払われたことで奪われる。

「ダメだ。君を暴いて……大切なものを貰《もら》ったのだから奉仕するのは当然だ」

見惚れるような笑みを返されて、身体の奥、識《し》らなかった空洞が甘く切なく疼いた。

全てを彼の目の前に晒したことを思い出し、思わず顔を逸らす。赤く染まった頬に口づけを落としたロジックスが、ゆっくりと温かな布で身体を拭い始めた。

くびれた腰を通って丸いお腹を撫で、じわじわと上に上がっていく。

胸の柔らかな果実の縁に触れると、広げた布でふわりと覆い、その上から大きな手が円を描くようにレティシアの胸を揉みしだき出した。

「あ……んっ……」

びくり、と身体が震える。緊張に強張る彼女をほぐすように、両手が柔らかく……レティシアの官能を煽るよう刺激を与え続けた。

じわじわと、身体の中心の熾火に薪《まき》がくべられて燃え上がるように欲求が広がっていく。

全身を満たす甘やかなそれに彼を見上げれば、厚手の布を押し上げて立ち上がる胸の先端を、彼の指が引っ掻いた。

「あんっ」

びくん、と身体が跳ねる。そんなレティシアを視界に収めたまま、ロジックスが悪戯《いたずら》をするように尖る乳首を弄び始めた。

下腹部が熱くなり、もどかしい衝動が腰からじわじわとせり上がってくる。思わず太ももをすり合わせれば、短い吐息がロジックスから漏れ、視界に何かを堪えるような表情がいっぱいに映った。

「ロジックス様……」

胸を愛撫される度に身体が満たしてほしいと欲求を訴え、レティシアは思わず両手を伸ばした。

すかさず彼が身を伏せてぎゅっとレティシアを抱きしめた。

「……君はまだ休んでないと」

初めて彼に貫かれてからそれほど時は経《た》っていない。負担になる、と言外に訴えるロジックスに対し、レティシアは首を振った。

「でも……欲しい……」

ゆっくりと足を広げ、彼の腰を掴むように膝で挟む。その様子に押されるように、彼は重いうめき声を出すと、レティシアの唇に激しくキスをした。

舌を絡め、口内を犯し、レティシアの情熱を煽っていく。

呼吸が荒くなり、噛みつくようなキスでそれを飲み込んだロジックスが、そっと彼女の脚の間に手を当て、柔らかくもみ始めた。

「んっ……ふ……」

肩にしがみ付くレティシアの喉から、くぐもった呻き声が漏れる。

それを煽るように、ロジックスがやや乱暴に、掌全体で彼女の秘所を愛撫する。

鋭くない、だが重く積み上がっていく快感に、レティシアの腰が浮き、もっと刺激が欲しいと花芽を押し付ける。

再び蜜口が潤んで溶け始める中、ロジックスは指を密壺に入れずに、掌全体でレティシアの秘所を愛撫するにとどめた。

「ロジックス様ぁ……」

緩く鈍く……でも積み重なっていく快感に押されて、レティシアが懇願するように名前を呼んだ。

だが彼は小さく笑って首を振るだけで、中を刺激しない。

「まだ……赤く腫れてるし。痛むだろうから……」

今は、これで我慢して。

そう甘く呟き、レティシアの快感を高めていく。

やがて、積み重なった刺激が弾けて新たな快楽の海に堕《お》とされ、レティシアは身体を弓なりに反らせて声を上げる。

突き出された胸に唇を寄せ、ロジックスが囁く。

「また眠って……そしてまた目が覚めたら、もう一度」

蠱惑《こわく》的な声が囁く約束に、レティシアは再びまどろみの海に落ちていった。


それから船が港に到着する朝まで、彼の甘い約束通りに目が覚める度、蕩《とろ》かすように愛された。

その所為で、レティシアは全身を覆う重怠《だる》い疲労から起き上がれなかった。

次に目が覚めた時には、すでに高い位置から丸窓に日が差し込んでおり、その様子に目をすがめたレティシアは余韻の残る身体をシーツの中で探って、そっと手で辿ってみた。

そうして今更のように気が付いた。

（……ない！）

十五の時からずっと、魔力の放出を止めていた封印装具がなくなっている。

見えると困るからと、ずっとガーターリングのように太ももに付けていたのだが、指先に触れるのはすべらかな肌だけ。

一体どの時点で外されたのか……と昨夜と早朝の出来事を思い出して赤くなる。太ももの辺りを掴まれ、キスをされた気がする。お湯で温めた布で拭われた記憶もある。

（その時に……外されたのかな……）

ゆっくりと起き上がり、昨日着ていた男物の衣装もないことにようやく気付いた。

クラリッサを呼ぼうかと思うが、何かを察しているであろう彼女に、更に一糸まとわぬ格好をみせるのも恥ずかしく、再びシーツを巻いて部屋の隅に置かれたトランクへの元へと向かった。

ちらりと丸窓から外を確認すれば、のんびりとした港の様子が見え、ほっと息を吐く。

一応、予定地へと来てくれたらしい。

トランクを開けて着替えを済ませ、それほど広くはない船室を、封印装具を探してくまなく調べる。

だが宝石を付けた黒のヴェルベットのリボンは出てこない。

（ロジックス様に回収されたのかしら……）

ありうる。

あれには魔力が宿っている。故に、彼の目には不審な物として映ったのかもしれない。

すでに自分のことは話してしまった。ならもう、彼の前で魔力が無い振りをする必要はない。『銀嶺』にはすでに兄と妹が参加しているし、ロジックスだって今更レティシアに来るよう要請したりしないだろう。

（……ロジックス様……）

悪役令嬢に転生した自分を殺す相手に抱かれてしまった。

絶対に無い、シナリオの一つだ。だって……当然だろう。乙女ゲーでヒロインを差し置いて攻略対象を寝取る話なんか聞いたことがない。

というか、そもそもR指定のゲームではなかったはずだ。

自分を見つめる甘く溶けた眼差しと、身体を貫く熱を思い出しじわりと奥が濡れたように感じる。

慌てて立ち上がり、とにかく今後自分の運命がどうなるのか確認しなくては。

そうして大急ぎで身支度をし、ロジックスを探して甲板に上がったところでその場にいた船員から下船を拒否されたのである。

船員から渡されたのはロジックスからの手紙で、「問題が発生したからしばらく外出する」という内容だった。

心配しなくても、すぐに片づけて戻ってくるとそう書かれていた。

自分が所有する船なのに、船員たちは頑としてレティシアを降ろしてはくれなかった。

（問題ってなにかしら……）

結局その日一日、船の中で過ごすこととなったレティシアは甲板の手すりにつかまってぼんやり海を見ながら考える。

ここはポートエラルからほど近い、リードメア。そう、あのキッチンメイドのヘレンの出身地だ。

レティシアはどうしても、あの日姿を消したヘレンがきちんと暮らせているのか知りたかった。

ロジックスとハインが何かをしたらしいことはわかったし、レティシアが襲われた原因の一端が彼女だと彼らが考えていることもわかった。

そしてここに滞在している間に問題が発生したという。タイミングがタイミングだけに、レティシアはヘレンのことじゃないだろうかと気になって仕方がない。彼女を雇っていたのは自分なのだから知る権利はある。

それにこの小さな港町は地元料理が美味しいと評判の地区だ。港から降りて街道をゆくと小さな宿があり、そこで出される魚料理が一風変わっているという。

前にヘレンが生の魚料理を出す店があると言っていたし、是非行ってみたい。

だが、いくら『観光をしたい』と訴えてもタラップの前に陣取る水夫は聞かず、『旦那様の帰りをお待ちくだせぇ』としか言われなかった。

ふくれっ面で船べりから離れて甲板のベンチに腰を下ろす。忙しく働く船員の働きを眺めたり、海の上を飛ぶカモメや漁に出る船を数えているうちに日が傾いてきた。ぼんやりと夕焼けを眺めていたレティシアは、タラップを登って船に戻ってきたクラリッサを見つけて立ち上がった。

「何故あなたが自由に出歩けて、私がダメなの？」

腰に手を当ててそう訴えれば、出迎えられると思っていなかったクラリッサがぎょっと目を見張った。

「お嬢様！　……大丈夫ですか？」

「御覧の通りぴんぴんしてるわよ」

不満もあらわに頬を膨らませれば、彼女はほっと表情を緩めた。

そのクラリッサが安堵する様子に、逆にレティシアは不安になった。

彼女を観察していると、クラリッサは持っていたバスケットを持ち上げて笑顔を見せた。

「お嬢様が船で退屈なさっていては困るからと、公爵閣下から言伝《ことづて》を頂きまして」

中には例の、地元料理が入っているようだが残念ながらお刺身等はなさそうだ。

ふうっと溜息を吐き、レティシアはクラリッサをつれて船室へと戻る。食事の準備にかかる彼女を横目にテーブルにつくと、当の本人はどこにいるのかと尋ねてみた。

「閣下はこの地で調べることがあるので、もう少し遅くなるそうです」

歯切れの悪い言い方に、レティシアは眉を寄せる。

「それはもしかしてヘレンのことかしら」

鎌をかけるように尋ね、ちらりとクラリッサを見れば、普段から冷静沈着な彼女の、カトラリーを用意する手がかすかに強張るのがわかった。

（やっぱり……）

一体ヘレンは何をしたのだろうか。

そしてランズデールが治める街とその隣の港町で何が起きているのか。

もくもくと料理を並べるクラリッサをじっと見つめていると、やがて彼女が溜息を吐いた。

「お嬢様はお気になさらずに。閣下を信じて船で待機していてください」

「ねえ、何か知っているのなら教えてくれない？」

かすかに苛立ちを込めて言えば、彼女はじっとレティシアを見返して呻くように告げた。

「お嬢様のためなのです」

もうこれ以上は何も言わないと、硬く決意した様子で煮魚やオイル蒸しなどを皿に盛りつけて出ていく。一人、船室に残されたレティシアは、まだ温かいそれを口にしながらじわじわと身体の奥底に不安が溜まっていくのを覚えた。

あの様子ではクラリッサはロジックス達がやっている『何か』が何なのかを理解している。そしてレティシアを巻き込みたくないと考えているようだ。

オカシナ男に襲われたのはレティシアで、その原因が知りたいのは彼女だって同じなのに隠されている。

きゅっとフォークを持つ手を握り締め、そっと目を伏せた。

（こんな展開はそもそもシナリオにはないのだから……なら、私だって自由に動いていいんじゃないかしら）

幸い、封印装具は外れていて、レティシアは魔法が使える。

皿に盛られている白身魚のオリーブオイル蒸しをひとり見つめたまま、レティシアは絡んできた男が言っていた言葉を思い返した。

――あれを、持っているんだろう？

（……あれ）

それは一体何なのか。あの男が言う『女』がヘレンだと仮定して、ヘレンからしか手に入らない何かがあるとする。逆に言えば、ヘレンは手に入れることが可能だということだ。

（でも……ヘレンが手に入れられるものをあの男が買えないなんてこと、あるのかしら……）

仕立て屋のミセス・メイベルは新たにできた雑貨店の所為で治安が悪くなったと言っていた。よろしくない取引先がいるのだとか、なんとか。

そことヘレンに繋がりがあって、路地裏で売買をしている……なんてことがあるだろうか。

（そもそも一介のキッチンメイドが巻き込まれることなんて――……）

ふと、記憶に何かがかすめる。

そういえば、この港町でしか手に入らない何かがあると、執事が語っていなかったか……？

（この街の……崖の上）

珍しい花が咲いていて、好事家達が見に来ていると。

この地で仕事があるというロジックス。彼は『銀嶺』で……そして、アイリスとホテルに泊まろうとしていた。でもそれも仕事の一環なのだとしたら……？

行って、確かめたい。せめてロジックスがどこにいるのかだけでも知りたい。

もしかしたらそのミセス・メイベルが言っていた怪しげな取引先を『銀嶺』が追っているのかもしれないし…………――。

そこまで考えて、すっとレティシアの顔面から血の気が引いた。全身をめぐる血液が指先から蒸発していくように、身体が端から冷えていく。

今、レティシアが生きている世界は、乙女ゲー『CRYSTAL　CRIME』のシナリオを逸脱している。ということは、そもそもの前提が間違っていた可能性もあるのだ。

今回、アイリス、ハイン、そしてロジックスが、レティシアのいる領地にジョアンナと共にやって来たのは、単に休暇だからではなく、ヘレンが関わった何かしらの事件を調べるためなのだとしたら……？

常によそよそしい態度を貫くアイリスの、とある台詞が耳の奥に蘇った。

――本当に霊薬は必要ないんですか？　もし、ご自身の体調を治したいのなら……原因不明の病すらも治す、霊薬の最上級・精霊薬《エリクサー》を求めるべきじゃないんですか？　――

「クラリッサ！」

勢いよく立ち上がり、レティシアは扉を開くと、狭い船内の通路で大声を上げた。

「いかがなさいましたか、お嬢様」

慌てた彼女が廊下の奥にある厨房《ちゅうぼう》から顔を出す。紅茶を淹《い》れてくれていたのだろう、手にティースプーンを持ったまま駆け寄る彼女に、蒼白《そうはく》になったまま詰め寄った。

「教えて。ロジックス様が……この地で調べていることって、何かの……秘薬に関すること？」

彼女は偉かった。どうにか無表情を貫こうとしたのだ。だが、かすかに彼女の肩が揺れ、ぴりっとした緊張感が伝わってくる。

「……そうなのね」

「お嬢様！」

懇願するようなクラリッサの言葉に、レティシアは全身が重く、怠くなる気がした。支えを求めるように船の壁に手を付き、もう片方の手で額を押さえる。

（銀嶺が捜査する類の薬……普通の霊薬ではなくてもっと……国の存亡にかかわるような……）

つまりは麻薬だ。

レティシアの目の前が暗くなった。

彼らがここに来たのは、いわゆる麻薬捜査の一環だったのだろう。

そして、ランズデール伯爵令息と令嬢は姉の為に『薬』を探している。そんな純粋な体調不良を治すための薬だったが、彼らの目にはそうは映らなかったのだろう。

当然だ……。霊薬と聞けばすぐに飛んでいくという兄と妹を、そのまま信じられるのは自分が家族だからだ。

仮に銀嶺のメンバーがセオドアとジョアンナを信頼していたとしても、彼らのお荷物になっているレティシアのことは信用できなかったはずだ。

自分達の同僚を騙し、麻薬に溺れている令嬢とみられても……おかしくはない。

（つまり……）

彼等は疑っていた。

麻薬の密売とレティシアが関係しているのではないか、と。

船から出るなというのもその一環なのだろう。

「……夜中に屋敷を抜け出して港にいる私を見て……疑惑を確信したということかしら」

恐らく、『銀嶺』が動く程度には流通している薬の密売に、レティシアが絡んでいると思ったはずだ。

それを……捕らえておかなくてはとも。

ここに留め置かれているのは……彼に、売人たちをおびき出す餌にされているからかもしれない。

「それは違います、レティシア様！」

そんな落ち込みそうになるレティシアの思考を遮ったのはクラリッサだった。

彼女はぐっと顎を上げ、お腹の下で両手を握り締めて毅然とした態度で立っている。

「ロジックス様はアイリス様とロード・マルトがあなたを疑っていることに憤慨しておられました」

すっと、レティシアの落ち込んでいた気持ちに光が差す。きゅっと手を握り締める彼女に、クラリッサは更に続けた。

「お嬢様が事件に関係あるはずありませんが、ヘレンの動きがおかしかったことは確かです。ロジックス様は今日の取引にお嬢様が『いなかった』という確証があれば、彼等も納得するはずだとそうおっしゃいました。だからお嬢様が外に行くことを認めるわけにはいかないんです」

背筋を伸ばし、真剣な表情で訴えるクラリッサに、レティシアは胸の奥が熱くなるのを感じた。

「つまり……」

ゆっくりと口を開く。

「ロジックス様が一人で私の無実を証明しようとしてるということね」

「はい」

忙しいはずの彼らが揃《そろ》ってやって来たのはアイリスとの絆《きずな》を深める、たんなる訪問イベントだと思っていた。だが、その裏にはレティシアを調査するという目的が隠されていたのだ。

彼等は、端《はな》からずっと……レティシアを疑っていた。

（まあ……仕方ないか……）

悪役令嬢でもないレティシアに時折見せる、アイリスの冷たい眼差し。ハインの何かを探るような物言い。そして、一番初めに灯台にやって来た時のロジックス。

すべてランズデール伯爵家の怪しい三人を調べるためだったのだとしたら、納得がいく。

まさかロジックスがレティシアに迫ったのも、ハニートラップの一つだったのだろうか。

その瞬間、自分がなんて馬鹿なことを考えているのだろうという強い思いが湧き上がってきた。

そんなことあるわけがない。

昨日、彼の持つ全てでレティシアを愛してくれたロジックス。

彼に暴かれた身体にはいまだに熱く、消えぬ熾火のように与えられた熱が残っている。「わかっただろ？」と言われて、彼からの愛を心から信じられた。

その彼を一瞬でも疑うなんて、どうかしている。

自分の運命はある一点から変わったのだ。

クラリッサが真っ直ぐに告げたように、ロジックスはレティシアの無実を証明するために一人で立ち向かっているのだ。

（でも……私が船に缶詰めになっていた、というだけで彼等の疑いが晴れるのだろうか）

恐らくアイリスはまだレティシアを疑っている。この物語の主人公である彼女が、だ。

レティシアが歩んでいる道筋はもう、『CRYSTAL　CRIME』の本編から大きく逸脱している。だが、アイリスはやっぱりヒロインなのだ。

何の影響力もないとは思えない。

それならば。

「ねえ、クラリッサ。本当に私がこの船から一歩も出なかっただけで、密売に関係なかったと証明できると思う？」

「……それは……」

躊躇し、口ごもる彼女に、レティシアは静かに続ける。

「今回は何の関係もなかったと納得できても、次の事件がこの地で起きた時に私の体調が戻っていなければ、彼らは私を疑い続けると思うの」

「そんなこと公爵閣下が許しません！」

一歩前に出て訴える彼女に、レティシアは首を振る。

「ロジックス様は彼らを束ねる上役よ？　部下の進言を自分の思い込みだけではねのけることはできないわ」

そんな真似をさせたくない。ロジックスを苦しい立場に置きたくない。

ならば、彼らに自分の潔白を証明するためにはレティシア自身がそれをしないといけない。

だから。

「クラリッサ」

低く、呻くようなレティシアの声に、はっと彼女が身を強張らせる。しゃんと背筋を伸ばして立ち、レティシアはぐいっと顎を上げると、両手を握り締めたまま立《た》ち竦《すく》むクラリッサに歩み寄った。

その手を覆うようにして握り締める。

「お嬢様……」

魔法の練習などしたことはない。何か呪文とか、杖を使った仕草とかあるのかもしれない。だが知らなくてもそれなりのことはできるはずだ。

「眠って」

「!?」

ぎょっと目を見張る彼女の目を見据え、握り締めた手から魔力が相手に流れ込むようイメージする。

途端、ぐらり、と彼女の身体が傾ぎ、慌てて支えたレティシアの腕の中にぐったりと倒れ込んだ。

「や……やったわ」

悪役令嬢レティシアはなかなかに魔法が得意だった。その設定は生きていたらしい。

これでロジックスを助けに行ける。

そっと壁に凭れかけるようにしてクラリッサを寝かせ、レティシアは甲板へと出た。静かな波音と陸から吹いてくる風が運ぶ街の喧騒に深呼吸をする。

船のタラップには恐らく誰も通すなと命令された水夫がまだ頑張っているはずだ。だが、レティシアは今、魔法が使える。

(風魔法を使って飛んだりできるかしら……)

ゲームではアイリス達が上手《うま》く風を掴んで飛翔《ひしょう》する場面があったと思う。

ドレスの上にローブを羽織ってみたが、これで風を掴んで飛べるだろうか。

(もし失敗して海に落ちても……)

風で空気の層を作って、珠の中にいるようにすれば何とかなる。それがだめでも水を持ち上げて被らないようにすれば……。

(どれもゲーム内で見ただけだけど……)

多分上手くいく。大丈夫。

レティシアは今まで『回避』することだけを考えていて、向かってくる運命を打ち負かそうとは思わなかった。

でも、今は。

「……よし」

船尾の方に移動し、周囲に誰もいないことを確認すると、レティシアは船べりによじ登った。

陸からの風を受けてローブがふわりと膨らむ。その風に乗って、前世で見た凧《たこ》と同じように舞い上がるイメージを膨らませると、レティシアは両手を広げて思い切りよく船べりを蹴った。

彼女の身体が空へと放り出された。

第八章　決着の時刻《とき》

馬車の中の空気は一触即発といった様子だった。

むくれた様子のアイリスと、その隣に座る涼しい顔をした男を交互に見やり、ロジックスは溜息を吐く。

「二人ともいい加減にしろ」

呆れたように告げれば、ぐっと唇を引き結んだアイリスが顎を上げた。

「ロード・セオドアが参加するなら最初から教えていただきたかったです、閣下」

じろっと視線を隣に座る男に投げれば、窓枠に頬杖《ほおづえ》を突いたランズデール伯爵令息、セオドア・レイズはふんっと鼻を鳴らした。

「レティとジョーが疑われてると聞いて、好き勝手させるのを許すような兄ではないんでね」

投げやりに告げられた台詞にかちんときたのか、アイリスが食って掛かった。

「もちろん、セオドア様も疑惑の対象でしたけど」

「だったらなおさら、放ってはおけない。なあ、サマースウェイト、何故新米を連れてきた」

うるさそうにアイリスを睨んだ後、面白そうに二人を見ていたロジックスに声を掛ける。彼は肩を竦《すく》めた。

「わたしの部下だからだ」

「だからって――……」

「結果的に上手くいったんだからよかっただろう」

ロジックスとアイリスが潜入する予定だったホテルの部屋にいたセオドアは、独自で幻想薬の調査を行っていた。

彼はレティシアの薬を探すために独自のネットワークを築いており、そこから自領の港に怪しげな連中が出入りしているとの情報を入手したのだ。

一体何が起きているのかとポートエラルに来たセオドアは、そこにハインまで現れたことで確信する。

自領で何か問題が発生している。それも銀嶺のトップクラスが動くくらいなのだから、よほどの案件なのだろう。

下手をしたら自分や妹たちが怪しげな連中と繋がりがあると疑われる。

そう判断したセオドアは性急にハインと接触して、今回の作戦に参加することとなったのだが、唐突に現場から去ったロジックスはアイリスにそのことを説明していなかった。

お陰でホテルの一室でひと悶着《もんちゃく》起き、更には新人魔術師と自分の好き勝手に調査をしている先輩とでは犯人逮捕の方針がだいぶ違っていたことから、無茶苦茶をするセオドアをアイリスが必死にフォローしてまわるという、どちらにとっても前代未聞な夜となったのだ。

今もにらみ合いを続ける二人に呆れながら、窓の外を見ていたロジックスは低い声で切り出す。

「おしゃべりはそこまでだ。着いたぞ」

はっと二人が身構え、馬車が停まるのと同時に音もなく降り立つ。

雑多な賑《にぎ》わいを見せていた港とは打って変わり、そこには静かな住宅街が広がっていた。中でも一際大きな屋敷が鉄製の門の向こうに建っていて、ロジックスは目を細めた。

「で、どうするんだ？　まさか馬鹿正直に正面から乗り込むつもりじゃないよな？」

腕を組んで皮肉気に告げるセオドアに、アイリスが肘鉄を食らわせている。

「痛ッ」

「黙っててください」

「お前ね、言葉があるんだから言葉で言えばいいだろう!?」

「まあ、通じる言語をお持ちだったのですね？　知りませんでしたわ」

再び剣呑な空気が漂うのを無視し、ロジックスは塀に沿ってゆっくりと歩き出した。

「ヘレンが裏の窓を開けておいてくれたはずだ。そこから中に入る」

市場で怪しい動きをしていたヘレンを捕まえ、事情聴取をしたところ、彼女の幼馴染みの植物学者が幻想薬の元となる貴重な花を偶然発見したのだという。それを学会に発表する前に、目を留めた者がいた。

港町リードメアの領主、キャリントン子爵だ。

彼はこの地にしか咲かない花が膨大な資金を生み出すと考えるや否や、ヘレンの幼馴染みを拘束し屋敷の地下に閉じ込めて幻想薬の生成に当たらせているという。

意に添わぬ行動を強いられている幼馴染みを助けたい一心で、ヘレンは子爵の手先となり隣のランズデール伯爵領で働きながらじわじわと幻想薬を広めていた。

そんな彼女に、ロジックスは幼馴染みを助ける代わりに内偵をしてくれと取引を持ち掛けた。

二つ返事で了承した彼女からの情報と、ホテルで捕まえた連中の話から本日、子爵の屋敷で幻想薬に関した取引が行われることが判明。屋敷に駆け付けたという次第だ。

三人は塀を乗り越え、建物の裏に並ぶ窓の一つへと近づく。大きな掃き出し窓で、ガラスを押すとゆっくりと内側に開いた。

「今日、連中は精製した幻想薬と隣国から輸入した武器を交換する予定だ」

「うっわ……」

幻想薬と武器で何をするつもりなのか……一歩間違えれば国家反逆罪に問われる所業だ。

ゆっくりと屋敷の中に入りながら、セオドアが怒りを露にする。

「幻想薬の所為で善良な家族や友人が壊れていくのを何度も見た。絶対に許せねぇ」

ぎり、と奥歯を噛み締め、呻くように告げるセオドアに、アイリスが目を見張る。

「セオドア様は幻想薬の被害者をご存じなのですか？」

低く掠れたアイリスの問いに、ふん、とセオドアが鼻を鳴らす。

「心の弱さに付け込んだ商売だ。俺も一度、声を掛けられて、消したい過去が消えるならと思ったよ。けどな、名前の通りあんなものまやかしだ。更に、それに手を出したくなるほど弱ってる人間を食い物にするのが気に入らない」

ひゅっとアイリスが短く息を吸う。黙り込む彼女に気付いたのか、前を行くセオドアが怪訝《けげん》な顔をして彼女を振り返った。

そうして目を見張る。

彼女は美しい紫の瞳をいっぱいに見開いて、呆《ほう》けたようにセオドアを見上げていた。皮肉しか飛び出さない唇が薄く開いて震えている。

その様子にセオドアは急に動悸《どうき》が激しくなるのを覚えた。

「おい……お前――」

「静かに。……ハインからの合図だ」

ロジックスの言葉にはっと我に返った二人は、廊下の突き当りの扉にマルト子爵の紋章が青白い光を放って浮かんでいるのを見た。

すうっと三人の空気が冷たく凍った。

ゆっくりと扉を開ければ、そこはこじんまりとした物置のような部屋で、待機していたハインが唇に指を当てて静かにするよう警告し、更に奥の何の変哲もない、ガラクタの置かれた棚を指さす。

からくり扉のようで、そこに青ざめた顔のヘレンが立っていた。

彼女はハインの合図を受けて、棚の隅に置いてあった小さなブリキのシャベルを掴んで引っ張った。

がこん、と音を立てて棚が動き始める。

徐々に広がる入り口からざわつく空気が感じられ、すっと目を細めたロジックスがゆっくりと踏み込みながら、突然のことに驚愕《きょうがく》し、血走った眼を丸くする連中に飛び切りの笑顔を見せた。

「ごきげんよう、皆さん。我らは王都防衛組織『銀嶺』だが……諸君らはなにか、申し開きしたいことがあるかな？」

あっさりと四人で屋敷を制圧したが、肝心のキャリントン子爵を取り逃した。

隠れていたヘレンが、子爵は先ほど自分の護衛数名と幼馴染みを連れて屋敷裏手の崖を登って行ったと、泣き出しそうになりながら教えてくれた。

「なんだってそんな方に……」

現場の収拾をハインに任せ、今度は急ぎ馬車で崖の上を目指す。ガラガラと騒々しい音を立てる車輪の音と振動に身をゆだねていたロジックスは、セオドアの質問に溜息を吐いた。

「崖の上には例の植物学者の採取用の小屋がある。そこで自分の有罪を示す証拠をすべて消すつもりなんだろうな」

「……連れ出した研究者ごと、ってことか？」

セオドアが思わず吐き捨てる。確かに子爵の有罪を示す証拠を自分たちは握っていない。今回の屋敷での会合も、脅されて手を貸しただけだと言えば通ってしまう。下手に爵位があるだけに厄介だ。

「自分だけ逃げようなんて最低ですね」

ぎりっと奥歯を噛み締めてアイリスが告げ、賛同するようにセオドアも頷く。

「制圧した連中の中に異国訛《なま》りのやつもいたし……もっと締め上げれば良かった」

「三秒で昏倒《こんとう》させといて何を今更」

「お前ね……てか、いちいち俺に突っかかるのはもしかして俺に気が――」

「そういえば閣下は昨日、ホテルにお戻りになられませんでしたが、もしかして他国の関与を察してですか？」

セオドアを遮ったアイリスの質問に、ロジックスはちょっと目を見張る。

昨夜何をしていたのか。

今まで任務中に情事を思い出すことなど一度もなかった。だが今、彼の脳裏にはっきりと昨夜の記憶がよみがえっている。……続く今朝の様子まで。

美しい金髪を枕に広げ、シーツの海で丸まるレティシアは、真珠の妖精のようだった。たまらず、ほんのりとピンク色に染まる頬を指でなぞれば、嫌がるかと思った彼女は意外なことに指先に身を寄せ、甘えたような呻き声を上げたのだ。

じっと馬車の床を見つめ、今朝の様子を思い返すロジックスに、セオドアが怪訝そうに眉を寄せた。

「おい、サマースウェイト？」

名を呼ばれればはっと我に返る。視線を上げれば呆れたようなセオドアと眉間に皺を寄せたアイリスが目に飛び込んできた。

「閣下、大丈夫ですか？　顔が――……にやけてますが」

急に冷たくなった辛辣な部下の言葉にロジックスはふうっと溜息を吐いた。

（本当ならあの場から書置きだけ残して消えるような真似は、不誠実だからやりたくなかったのだが……）


レティシアのことは微塵《みじん》も疑ってはいなかった。

彼女が話してくれた『この世界が前世に彼女が読んだ物語の世界だ』という点は未《いま》だ信じられないが、そうであるのならば、彼女が頑なに自分を拒んだことや逃げ続けたことなどの説明はつく。

つまり、彼女が挙動不審だったのは彼女自身の前世の問題で、幻想薬に関する取引には一切かかわりがないということだ。

だがそれを周囲に証明するためには、彼女が監視の下一切動くことができなかった、という事実が必要だった。

まさか上役たちにレティシアの前世の話をするわけにもいかない。

その監視役を自分がこなしたかったがなにしろ手勢が足りない。

応援を呼んでもよかったが、派手な動きをして連中を取り逃がすことだけは避けたかったし、屋敷で待機しているジョアンナもアイリスたっての願いで参加を見送っていた。

彼女もまた、今回の騒動に一切関係がないことを証明させたかったのである。

もっと人数がいれば、こんな所で部下と同僚がいちゃいちゃしているのを我慢する必要もなかった。

（そう……我慢しているんだ……）

今まではそんなことなど考えたこともなかった。

いつだって『銀嶺』での任務が最優先で、それが生きがいだったのに。

「……閣下？」

「また何か考え込んでるな」

二人の声が遠くで聞こえる。現実世界を瞳に映せば、呆れた様子のセオドアと、今度は少し心配そうな部下が目に飛び込んできた。

（……そういえば……レティシアを公爵夫人に迎え入れた場合、この男が兄になるのか……）

少し軽薄そうな青年は、レティシアの為にずっと単独行動をしていた。彼が妹をくれと言った際にどんな反応をするのか……。

「……なんか、お前の上司、おかしいぞ」

ひそっとセオドアがアイリスに耳打ちする。関係ないがちゃんとロジックスにも聞こえている。

「何か隠しごとがあるのかもしれませんわ」

ドン引きした様子の彼女も調子を合わせる。これもちゃんとロジックスに聞こえている。

溜息を吐き、彼は背筋を正した。その瞬間、計ったようにゆっくりと馬車がとまった。

「二人とも、わたしに関する考察はどうでもいい。着いたようだ」

客車を降り、月明かりに照らされて白く光る岩壁と、そこにしがみ付くように生えている木々を見上げる。細い小道が崖の上へと続いていて、三人は速足で進み始めた。

「ここに例の花が咲いてるのか？」

「採取した方がよろしいのでしょうか」

きょろきょろと辺りを見渡す二人に、ロジックスは渋面で答えた。

「研究機関の連中は喉から手が出るほど欲しいだろうからな」

それでも群生しているわけではないから、全部終わった後に探し出すにはヘレンの幼馴染みの力添えが必要だろうなとぼんやり考える。

三人が歩く細い道は徐々に勾配を増し、地面の様子も落ち葉の積み重なった腐葉土から大きな石や岩が多くなっていった。砕けた真っ白な岩の破片を踏みしめ、道の半分以上を占める巨石を回り込んだところで急に視界が開けた。

低木が風に揺れる、崖の頂へと辿り着いたのだ。

煌々とした白い光が、硬く艶やかな木々の葉に当たって銀色に輝き、それが強風にうねって巨大な波に見えた。

平らに続く崖の上のどこにその採取小屋があるのかと、ロジックスが目を凝らした……その時だった。

三人を照らす満月の光が不意に遮られる。

反射的に見上げれば、頭上を何かが飛びすぎて行くのが見えた。

「な……⁉」

暗闇の、満月の光が届くところだけは濃い藍色となった星降る夜空に、真っ白なローブが翻った。

風を受けて膨らんだ裾から、細く白い足が膝まで覗いている。

月明かりにきらきらと金髪が輝くのが見えて、ロジックスは息を呑んだ。

「レティシア……⁉」

驚きに満ちたかすれ声が漏れた。

え、というように二人が彼を注視する。だがそんな彼らの視線を気にするでもなく、気付けばロジックスは駆け出していた。

彼女を抱いた際に、身を飾るすべてのものを取り外した。

ぶかぶかのシャツ……コルセット……シュミーズ……それから、何の装身具も身に纏っていなかったのに、唯一太ももを彩っていたガーターリング。

朝、眠る彼女をベッドに残して行く際に、取り外して床に放り出したそれを拾い上げてテーブルに乗せたのだが、彼の目にガーターリングだけが不審に映った。

ネックレスでもイヤリングでもない、長いドレスに隠れて見えることなどない黒いヴェルヴェットのそれ。しかも彼女は右の太ももにだけ装着していた。

誰かからもらったものなのか……と思い当たり、男からだったら速攻で捨てようと物騒なことを考えながらぶら下がる黒い宝石を日差しにかざして驚いた。そこには魔力が宿っていたのだ。

彼女は『ロジックス《自分》に殺される運命にある』と信じ込んでいた。

その運命を回避するために行動しているのだと。

魔力を持たないランズデール伯爵令嬢。銀嶺に選ばれたのは息子のセオドアと妹のジョアンナだった。

二人には銀嶺に参加するに足る魔力があるというのに、何故レティシアにはないのか。

その答えが、ヴェルヴェットのリングにあると気付いた彼は、それこそ銀嶺の調査機関にこの代物がどういったものなのかを調べてもらうつもりでいた。

だが今、風を掴んで空を舞うレティシアを見て確信した。

あのリングはレティシアの魔力を封じるものだったのだ。

魔力さえなければ銀嶺に参加することはなく……ひいてはロジックスに出会うこともない。そのために用意したものだと想像がついた。

そしてそれがない今、彼女は魔法を使っている。

ロジックスに殺される運命から解放されたから……――。

(だが、どうして！)

銀嶺に参加すること自体を拒否していたというのに、何故彼女がこの崖の……それもキャリントン子爵が逃れたらしい小屋に向かっているのか。

「おい、どういうことだ⁉　あれがレティシア⁉」

セオドアの質問に、彼女を見失いたくないロジックスが噛みつくように返した。

「そうだ！　彼女はレティシアだ、間違いない！」

「なんで⁉　あいつは魔力が無いんだぞ⁉」

実際は失ってはいなかったのだが、何故人々を偽っていたのかを彼女の許可なしに話すわけにもいかず、ロジックスはひたりとセオドアを見つめ返した。

「ああ、そうだ。だが……彼女はそれを取り戻した。そして何かするつもりだ」

言い放ち、平原を駆け出した彼は唖然として動けない二人に声を掛ける。

「レティシアはわたしが捕まえる。二人はそのまま地上から残党がいないか探し出してくれ！」

たん、と大地を蹴り、風を自分の周りに引き込むと、ロジックスはふわりと浮き上がった。

そのままよろよろと飛ぶレティシアを捕まえることだけを考えて、まっすぐに向かっていく。

残された二人は、毒づきたくなるのを必死に堪えて平原を駆け出した。

何が起きているのか……一刻も早く確認するために。

◆◇◆

生身で空を飛ぶなど、夢の中か某有名アトラクションでしか体験したことはない。

そんなレティシアが、実際に飛んでみた感想は「心もとない」だった。

とにかく身体がどこにも固定されない。気を抜くと急下降するので常に緊張状態である。加えて服の隙間から風が飛び込んできて何も着ていないような気になってしまう。

それでもどうにかこうにか、海からこの崖の上まで来ることができた。

自身を包み込む風を上手にコントロールすれば身体をゆだねる床にもできると気付いて、空気の塊のようなものをイメージして作り上げ、ようやく寝そべることができた。

向かう先に関しても当てがあったわけではない。

ただヘレンの故郷の断崖に変わった花が咲くのだと、そう説明されたのを思い出し、崖を目指して飛行してきたのだ。

その花が、ロジックス達が追う麻薬らしきものと関係があるのかはわからないが、レティシアはほぼ確信していた。前世でも麻薬になるケシや大麻などの植物が問題になっていたし。

（きっとその花に何かあるはず……）

ゲームの中で出てくる重要アイテムのような、この地にしか咲かない珍しい花。

今この瞬間に、この花の採取に何者かが従事しているとは思えないが、レティシアは漲《みなぎ》る魔力と良好な体調にこのまま誰か……そう、怪しい動きをしていたヘレンが来るまで張り込もうかとさえ思っていた。

そんな好奇心と強気に後押しされて、レティシアはぐんぐん空を飛び、崖の上を行き、しまいには生い茂る低木に囲まれるようにして建つ石造りの平屋を見つけた。

煌々と周囲を照らす満月の灯りの中で、それはくっきりとした黒い影を岩の大地に刻んでいた。

上手に降りる術がわからず、取りあえず自分を支える風の量を調整し、身体をふらつかせながらやっとの思いで小屋の前に着陸した。

膝が笑って上手く立てず、無様にも短い草の上に両手両膝を突いてしまう。それでも倒れ込んだり真っ逆さまに墜落したりしなかったのだからいい方だ。

震える足を叱咤してゆっくりと立ち上がり、スカートとローブに付いた土埃を払う。

この建物は何なのだろうかとじっと眺め、煙突から薄い煙が出ていることに気が付いた。

麻薬の売人たちが集う小屋にしては簡素だ。だがここで何か実験や研究が行われているのだとしたら、確かに怪しい。

さすがのレティシアも正面から扉をノックして入るような真似はせずに、まずは周囲を探ることにする。足音を極力立てないよう、すり足で小屋の周辺を歩き出そうとして。

不意に誰もいないはずの背後から腰を抱かれて悲鳴を上げかけた。

「⁉」

大きな手が口を塞ぎ、腰から回された腕が強引にレティシアを後ろへと引き寄せる。漏れかけた悲鳴は喉の奥へと押しやられ、くぐもった呻き声しか出ない。

がむしゃらに両手を動かして自身を捕らえる腕から逃れようとしていると、耳元で切羽詰まった声がした。

「落ち着け、レティシア！」

その声は耳からレティシアの脳へと向かい、一気に身体の中に流れ込むと心臓を直撃した。

ぴたりと抵抗を止めれば、身体を抱く存在はじわじわと平屋から距離を取るように後退し、声が届きそうもない程度に離れるとくるりとレティシアの身体を回転させた。

「何をやってるんだ、君は！」

月明かりの中でもわかるほどに、蒼白になったロジックスが瞳に飛び込んでくる。

そんな彼とは正反対に、レティシアはほっと胸をなでおろし、それからぐいっと顎を上げた。

「なにってもちろん、犯人を捕まえるためですわ、閣下」

ぐっと両手を握り締める。その自信満々なレティシアに、彼は呆気に取られたように目を見張った後、自身の前髪に片手を突っ込み、ぐしゃりと握りつぶした。

「何故⁉」

苛立ちを我慢するように、奥歯を噛み締めたまま告げる彼に、彼女は顎を上げた。

「私にかけられた疑いを晴らすためです」

なるべく堂々と、何も心配していないように見せるべく告げたのだが、やはり声が震える。それを振り払うようにレティシアは続けた。

「疑ってらしたのでしょう？　私が……私達が何か……怪しげな麻薬取引にかかわっているんじゃないかって」

その言葉を聞いた途端、彼の瞳から金色の光が消え、深い森の色に沈んだ。そこに深い後悔を見たような気がして、レティシアはお腹の奥からじわじわと苦さが込み上げてくるのがわかった。

（彼はただ任務で……私に会ったこともなかったのだから、最初から信じろなんて言う方が間違いなのに）

それでも、ほんの少しでもレティシアを疑っていたことを後悔しているようで、ふっと彼女は目を伏せた。

今ならわかる。

「ランズデールの領地に来たのは、その疑惑を確かめるため。……閣下、私に近づいたのは自分に惚れさせればうまく情報が手に入ると思ったからですか？」

「違う！」

間髪入れず、吠えるようにロジックスが声を上げる。その大きさに、レティシアは驚くと同時に心の内側が温かく満たされる気がした。

「……ですよね」

にっこり笑って告げれば、彼が虚を突かれたように目を丸くした。

「わかってます。灯台で会った時はそうだったかもしれませんが、今は違うって」

「レティ……」

「大きな声を出したら相手に気付かれますわ」

くすっと笑ってそう告げ、レティシアは彼の手首をそっと掴むと再び平屋を窺い見た。

「ロジックス様がこちらにいらしたということは、やっぱりあの建物が関係しているのですね」

淡々と告げて、石壁を細長くくりぬいて作った窓にじっと視線を注ぐ。

「あそこから中を覗いたら何か見えるかしら」

身を屈め、近寄ろうとするレティシアをロジックスが引き留めた。

「君にそんな真似はさせられない」

切羽詰まった声が耳元でする。

熱を孕んだその声に、ぞわりと身体を衝撃が走った。身を寄せたくなるのを必死に堪え、レティシアは笑みを見せた。

「大丈夫です。私にも手伝わせて」

「レティシア！」

ぐいっと強引に引き寄せられ、温かな腕にきつく抱きしめられる。

「確かに最初は君を疑っていた。巷にじわじわと蔓延《はびこ》っている幻想薬になにか……関わっているのではないかと」

彼の口からはっきりとそう告げられると、ああやっぱりか、という苦い思いが込み上げてくる。でもそれだけではないのだと、ゆっくりと身体を離したロジックスの、自分を見つめる真摯な眼差しから理解できた。

彼はレティシアの手をそっと取って持ち上げ、ゆっくりと指の背にキスをした。

触れた場所からふわりと温かいものが流れ込み、身体の奥に柔らかな熱が宿る。驚いて目を見張ると、ロジックスがその手を握り締めたまま静かに話し出した。

「わたしが君を幻想薬の売人だと勘違いする要素はいくらでもあった。例えばあの使われていない灯台。あれは売人と連絡を取るのに好都合だし、窓からは湾に入ってくる船が見渡せた。ここの港からの船を人知れず確認するのに最適に見えた」

言われてみればそうかもしれない、とレティシアが目を丸くする。ロジックスは更に続ける。

「畑に植える植物を買いに行くというのも、幻想薬を作るために必要な植物を育てるためか、はたまた密売を取り仕切っている連中とコンタクトを取るためなのかと思った。王都に出てこないのも自分の仕事を理解しているからだと」

セオドアもジョアンナも秘薬を探して走り回っていたし、外から見た時……幻想薬に関わっている人間だとみられてもおかしくはない。

苦く笑うレティシアの様子に気付いたのか、ロジックスは再び掴んだままの彼女の手にキスを落とした。そのままひっくり返すと手首の内側に唇を滑らせる。

昨夜の熱を思い起こす感触に、ぞくりと背筋が粟立った。

「でも、それは全部間違いだった」

じっと、レティシアを見つめる瞳に射抜かれる。

「気付けば君に触れて、奪おうとしていた。君に惹かれてどうしても手に入れたいと……君の愛が欲しいとそう思った。君に近付くのにそれ以外の理由なんか一つもない。絶対にだ」

声の熱さに身体が震え、それを見逃さなかったロジックスがゆっくりとレティシアの頤《おとがい》に指を当てて顔を上げさせると、額に自らの額を押し当てた。

「灯台にいた君は必死であの場所を護ろうとしていたし、植物市では心から楽しそうだった。ハインやアイリスにも親切で、とても我々を騙しているようには見えなかった。なのに君は……わたしを置いて夜中に出て行こうとした」

はっとレティシアの身体が強張る。

ちらりと脳裏に、ホテルの入り口に立っていたアイリスと彼の姿が過った。

あの時、二人の仲は決定的なものなのだと、そう思った。

だがロジックスはレティシアの予想もしなかった答えを告げる。

「どこに行くのか、何しに行くのか……君が幻想薬に関わっていないのは断言できる。ではどうして夜中に、誰にも何も告げずに出かけて行く？」

答えは一つしかないと、ロジックスは苦々し気に告げた。

（私が……誰かと夜を過ごしに行くと思ったの？）

かあっと頬が熱くなるレティシアを他所に、思い出しても苛立ちが募るのか、ロジックスは掴んだ手首を持ち上げ柔らかな皮膚にきつく吸い付いた。

白い肌に咲く花にレティシアが目を見張った。構わずにロジックスが続ける。

「理屈でも理性でも説明できない、任務を放り出すなんて愚かな行動だと自分でも思う。だがそれくらい……それくらい、君を他の誰にもやりたくなかった」

熱い吐息に触れ、レティシアは全身から力が抜けそうになった。

何かを告げようと唇を開けば、手首に飽いたロジックスがレティシアの柔らかなそれに噛みつく。

更に深く求めるよう、隙間から舌が滑り込んでくる。

レティシアの口腔を犯す彼の舌は、逃げるレティシアを追い、絡め取り、やがて昨夜と今朝感じた性交を思わせる動きをなぞり始める。

何度も舌を突き入れられ、口蓋をくすぐり鈍い疼きがお腹の奥に溜まっていく。キスに応えるように、彼女が自ら舌を動かした瞬間、腕を回されてきつくきつく抱きしめられた。

「レティシア……」

何度も何度も口づけてからようやく、ロジックスが唇を離した。甘く激しい快感にぼうっとなるレティシアの赤く花の咲いた手首にそっと指を滑らせる。

途端その花が柔らかな青白い光を放ち、鬱血の痕が複雑な紋章へと変化した。

その様子と形状にレティシアは驚いて目を見張った。

きらきらと清涼な光を零すその痕は、サマースウェイト公爵家の紋章だったからだ。

「君は魔術師だが銀嶺のメンバーに与えられている権限を持っていない。だが私の紋を肌に刻んでおけば話は違う」

謎めいた言い方に、思わず目を瞬く。

「それってどういう……?」

「君に権利を貸し与えるということだよ」

静かにそう言い、ロジックスは窓から中を覗くことをせず、堂々と入り口の方に向かった。

「どうするのですか?」

何か彼に危険が及ぶのでは、と心配して見上げれば、男はどこまでも甘いのにどこかに残酷さが滲む笑みを返した。

「こうするんだよ!」

その言葉の意味を探るより先に、ロジックスが石造りの平屋の扉を思いっきり蹴りつけた。

物凄い音を立てて木製の扉が内側に吹っ飛び、レティシアが唖然と目を見張る。

靴音高く中に踏み込めば、護衛と思しき数名がぱっとこちらを振り返った。さっと彼らの視線がロジックスとレティシアを品定めし、手に手に棍棒や短刀を構える。

だが彼らが突っ込んでくることはなかった。

ロジックスがすっと持ち上げた自身の右手の指をくるりと回転させただけで空気の渦が発生し、居並ぶ護衛を全員壁際まで吹っ飛ばしたのである。

(凄い……!)

ロジックスの魔法を見るのは二回目だが、詠唱も何もなく、相手を吹き飛ばすだけの風の渦が作れるなんて、今まで魔法の勉強をしてこなかったレティシアでも凄いことだとよくわかった。

呻き声を上げる護衛をそのまま風の紐で縛り上げ、ロジックスはすっと視線を動かした。つられてレティシアも視線を動かし、周囲を改めて見直した。

明るく、広々としたその部屋の壁には棚が置かれ、沢山のフラスコや試験管が並んでいる。設置された窯の上には金属製の大きな鍋が置かれ、蓋の開いた樽には赤い花が詰め込まれていた。

床には書類が散乱し、奥の壁際には気を失ってぐったりした男が椅子に括り付けられていて、その前に青白い顔の身なりの良い男が中腰で立っていた。

「……すぐに小屋ごと燃やさなかったのは、何か惜しいものがあったからなのかな？　キャリントン子爵」

低く、威圧するようなロジックスの言葉にびくりと男の身体が強張った。

彼の後ろには暖炉があり、何かが赤々と燃えていた。恐らくは子爵の関与を裏付ける書類だろう。

（あんなことしても無駄なのに……）

ロジックスならいとも簡単に灰から元の姿に復元できる。だが動転している子爵は気付けない。

「散らばる書類にはどんな内容が書かれているのかな？　幻想薬の売買か？　武器の密輸か？」

一歩一歩、靴音を響かせながらゆっくりとロジックスが子爵の元へと歩いて行く。爛々と輝く子爵の目が縋るように護衛を見るが、彼らは呻き声を上げるのみで使い物にならない。

「な、何の話かね？　わたしはそこのゴードンと同じように攫われてきただけだ。何も知らん。書類も燃やせと命じられただけだ」

おもねるような声音で必死に言い訳をする子爵を冷たい目で見下ろしながら、ロジックスは足を止めると腰を折って優雅に書類を一枚、拾い上げた。

「……ほう。反王党派への武器売買か。ご丁寧にキャリントンの印章まで押されているな」

「押すように強要されたのだ！　わたしは何も知らなかった！」

今度は哀れにも訴える。そのあまりにも醜悪な様子に、ロジックスは呆れたように溜息を吐いた。

だから気付けなかった。

子爵がネズミのように素早く、さっと室内に視線を走らせたことに。

彼の視線が棚に並ぶフラスコに向くのがわかり、レティシアははっと身を強張らせた。

「駄目っ！」

レティシアはまだ魔法の使い方がわからない。集中してイメージを描かないとことを起こせない。

だから咄嗟に子爵に向かって駆け寄るしかできなかった。

「レティシア!?」

驚いたロジックスの声がするが、レティシアが子爵に辿り着く前に、彼の手が棚のフラスコや試験管を薙ぎ払った。瓶が割れ、中身が床に飛び散るのと同時に火が付く。

「ッ」

ごおっと目の前で炎の柱が吹き上がり、レティシアは全身がそれに包まれる気がした。

「レティ！」

ロジックスの絶叫が耳を劈き、レティシアはぎゅっと目を閉じた。

だが、いつまでたっても身体に異変はない。

恐る恐る目を開ければ、きらきらした青白い光が自分の身体を包み込んでいて、視線を向ければ子爵が信じられないとでも言いたげな表情でこちらを見ていた。

(これって……)

そっと両手を持ち上げれば、直前にロジックスから与えられた証が、炎の色とは全く別の、静謐な青白い光を放っていることに気が付いた。

(そうか……これってロジックス様から貰った守護の力なんだわ)

後ろを振り返れば、安堵と怒りと焦りが滲んだ、複雑な表情のロジックスが立っている。近寄りたくても炎の中にいる彼女に手が出せないのだ。

それは燃え上がる炎の中にたたずむレティシアに驚愕して腰を抜かしている子爵も同じで。

(……よし)

時間があるのなら、レティシアにだって魔法が使える。このまま放っておけばあちこちに飛び火し、焦げ臭さが充満する小屋が証拠諸共燃え上がってしまう。

その前に何とかしなくては。

祈りをささげるようにきゅっと両手を握り締め、目を伏せる。ふわりと柔らかな風がレティシアの下ろしたままの髪や、ローブをはためかせた。

彼女の身体を護る守護の光がきらきらと輝きながら零れ落ち、レティシアの周りに雨のように降り注ぐ。

後ろで見守るロジックスがはっと息を呑むのがわかった。

彼ならばこの場を収める方法などいくらでも持っているだろう。

恐らく、レティシアよりもずっと効率的に素早く。でも、彼はレティシアに証をくれた。

銀嶺の……ロジックスの名の元に、自身の力を使っていいという、証。

それはレティシアを信頼しているからこそ、この場を任せて貰えたという確たる証拠だ。

（その信頼に応えなきゃ）

脳裏にイメージを描く。この場にいるもの全てを、傷つけることなく捕らえる方法。燃え広がる炎を抑え、自分を中心に力が具現化する様子を思い浮かべた。

刹那。

レティシアのイメージが現実となって炸裂した。

バキバキと音を立てて足元から真っ白な氷が放射状に床を走り、彼女を取り巻くように燃え上がる炎をあっという間に飲み込んでいく。

続いて凍てつく津波はキャリントン子爵へと直進し、彼の脚元から半身へと駆け上がった。

「ひっ」

心臓にまで達しそうな冷気に、その場に釘付けされた子爵の顔が恐怖に引き攣る。瞳孔が収縮し、青ざめた顔のまま冷たくなったジャケットの内側に手を突っ込んだ。

「レティシア！」

絶叫とほぼ同時に乾いた破裂音が鳴り響き、レティシアは突き飛ばされた。

凍った床に倒れ込む彼女の身体を、硬く重たいものが覆う。訳がわからず、硬直したレティシアはやがて、ふわりと刺激的な香りが全身を包み込むのを感じて我に返った。

「ロジックス様⁉」

自分を庇って、押し倒すようにかぶさる彼を抱えて身体を起こせば、自分が着ている真っ白なローブに真っ赤な華が咲いているのが見えた。

ざあっとレティシアの全身の血が足元まで叩《たた》き落とされた。

紛れもない、出血の痕。

「ど……どこか……怪我《けが》を……」

真っ白になって震える手で彼の身体を探れば、彼女の肩に顔を埋めた男が呻くように答えた。

「大丈夫だ、大したことない」

「ですが……！」

ロジックスの荒い呼吸を首筋に感じながら、レティシアはきっと前を見据える。足から腰まで凍り付いた子爵が己の指が折れそうなほど強く、拳銃を握り締めていた。

震え、照準の定まらない銃口を眺めながら、レティシアは身体の奥底から熱い塊が喉までせり上がってくるのを覚えた。

「……何か……」

ゆっくりと、ロジックスの身体を床に横たえながら、レティシアが立ち上がる。

怒りに満ちた声が、彼女の腹の奥から漏れ出てくる。

「言いたいことは？」

単なる小娘と侮っていた子爵は、地獄の底から響いてきそうな怒りに満ちた低い声に、死に物狂いでその場から逃れようと足を動かした。

だが、がっちり凍った足は動きそうもない。

「来るな……来るなぁッ！　お前らが悪いんだ……お前ら……おまえが……」

動揺と怒りからやはり定まらない銃口をレティシアに向ける。だが、引き金を引くのを躊躇《ためら》い、一瞬だが十分すぎるほどの空白をレティシアに与えてしまう。

再び、火花を散らして拳銃が発砲される。

だが今度の弾丸は、レティシアが作り出した風の障壁を前に上空へと吹き飛んだ。

ぐ、と声にならない呻き声を漏らし、子爵が数度続けて発砲するがその弾は全て、レティシアを取り巻く風の壁に弾《はじ》き飛《と》ばされ天井へと着弾する。

その風をまとったまま、レティシアはゆっくりと子爵の元へ歩み寄った。

「なるほど。それがあなたの言いたいことなんですね、了解しました」

レティシアの言葉によって風はどんどん強くなり、子爵が落として床に散らばるフラスコや書類を巻き上げて渦を作る。

「や……やめろ……やめ……」

すっと右手を前に出したレティシアが横に薙ぎ払うような仕草をすれば、解き放たれた風の渦が氷を砕き、キャリントン子爵の身体を捉えて大きく上空へと弾き飛ばした。

ぎゃあああとひび割れた悲鳴が響き、突き破った天井と一緒に高く高く放り上げられる。

屋根材も、書類も、この辺り一帯の道具も全て巻き上げて、レティシアの魔力が吹き飛ばす。

部屋の中をかき混ぜ、なにもかもをごちゃ混ぜにした風はやがて、じわじわと威力を失い、元の静寂が室内に戻って来た。

キャリントン子爵だけが吹き飛ばされ、捕らえられていた人質と一か所に固まって恐怖に身体を震わせる護衛が唖然とした様子で天井を見上げていた。

ひらひらと舞い上げられた書類が降りしきる中、レティシアはくるりと彼らに背を向けると、身を起こし床に座り込むロジックスの元へと駆け寄った。

「今手当てをいたします」

彼が着ている黒い上着では出血個所《かしょ》が見つけられない。強引に上着を脱がせ、脇腹辺りが真っ赤に染まったシャツに唇を噛む。

「ごめんなさい……私がもっと気を付けていれば……！」

震える手をそっと血の広がるシャツに添えて目を閉じる。

治癒魔法なんて知らないし、呪文だってわからない。

ただひたすらに、自らの魔力が触れた場所から中へと入り、傷ついた血管や組織を癒して溢れた血が体内へと再び循環する様子をイメージする。

しばらくそうやって、彼の傷口に手を当ててひたすらにイメージを追っていると、やがて苦しそうだったロジックスの呼吸がだんだんと柔らかく、安堵を含むものに変化するのがわかった。

「もういい、レティ。これ以上やったら君の体力が持たなくなる」

静かに告げられて、レティシアはぱっと目を開けた。

先程よりもずっと、顔色がよくなったロジックスが温かな眼差しにレティシアを映していた。

「申し訳ありません……私の所為で――」

続く言葉を、そっと身を寄せたロジックスが唇で封じる。深い深いキスをした後、そっと顔を離したロジックスがふわりと愛しそうに微笑んだ。

「君の所為ではないし、むしろ連中を一掃できたのは君のお陰だ」

彼の視線の方向に目をやり、捕らえられて青ざめて震える彼らに苦く笑う。

ロジックスなら、アイリスなら、ハインなら、ジョアンナなら、もっと簡単に事態を収められただろう。この傷だって、ロジックス自ら癒せるのかもしれない。

自分のお陰だとは……とてもじゃないが思えない。

だが彼はレティシアを褒めるのだ。

君の、お陰だと。

ならばもう、何も言うまい。

自分を卑下することなど何もない。今できる、自分自身の最善を尽くしたのだ。

レティシアが……彼女だけができる方法で戦った。

そのことはきっと、誇ってもいいことだ。

「……肝心の子爵を取り逃がしました」

それでも悔しさが滲む。もうちょっと力加減が学べれば、子爵を屋根ごと吹っ飛ばすこともなかっただろう。

だが破れたシャツの間から、綺麗に治った肌を確認したロジックスは立ちあがってレティシアの腰を抱きながら言うのだ。

「問題ない。どうせ後からくるセオドアとアイリスが異変に気付いて回収してるだろう」

その言葉に、レティシアはすっかり忘れていたことを思い出した。

「そうです！　ここの連中は何者なのですか？　キャリントン子爵は何に関わっていて、あの捕らえられた人は一体――……」

「レティシア！」

次の瞬間、必死すぎる声で名前を呼ばれ、レティシアは後ろを振り返った。

「お兄様!?　何故こんな所に？」

「それはこっちの台詞だ！　何故ここにいる!?　それに……その……真っ赤な血は……!?」

彼女の白のローブが赤く染まっていることに青ざめたセオドアが、つかつかとレティシアに歩み寄る。

「その血は彼女のものじゃなくてわたしのものだ」

「はぁ!?」

公爵が怪我をするなんて信じられない、とセオドアが素っ頓狂な声を上げた。それに構うことなく、ロジックスが淡々と告げる。

「かすり傷程度だがレティシアが治癒してくれた。それに、彼女は見事、この小屋にいた罪人どもを捕まえてくれた」

目を白黒させるレティシアに代わってロジックスがすました顔で答える。その様子に、セオドアは更に頭に血を上らせた。

「力を貸してもらうって……レティは昨日まで魔法の使えない、病人だったんだぞ⁉　それが……制御方法も威力の固定化もできないのに我々の仕事に巻き込むなんて！」

もっともな言い分だ。だがレティシアは巻き込まれたのではなく、自らやって来たのだし、ロジックスが寄せてくれた信頼の証もある。

そのことはきちんと伝えたい。

「お兄様、私は自分の意思でこの場に来たのです。完全に私の独断です。むしろそれを助けてくれたのはロジックス様の方なんですよ？」

そっと手首の内側に刻まれた紋章を見せれば、セオドアは絶句した。

「お前の守護を与えたのか……？　レティに？　部下にすら与えたことのないそれを……」

言葉に詰まる兄の様子に、レティシアは目を瞬く。

守護《これ》はそんなに重要で、珍しいことなのだろうか。

そんな彼らの言い合いを封じるように、可憐《かれん》な声が響いた。

「とにかく、ミスター・ゴードンの拘束を解いて、そこにひっくり返っている悪党と外で捕まえた子爵を移送しないと」

遅れて入ってきたアイリスが腰に手を当てて告げる。

そのもっともな発言に、ロジックスが「それもそうだな」といとも簡単に護衛の連中を宙に浮かせて外へと放り出した。ぞんざい過ぎる扱いに、レティシアが戸惑いながら告げる。

「いいんですか？　雑に扱って……」

それにロジックスはただ肩を竦めるだけだ。

上司の適当な様子にアイリスがやれやれと首を振った。

「閣下は気まぐれですから。でも、レディ・レティシア。守護に関しては気まぐれでも他の部下に与えたことなどありませんよ」

きっぱりと断言されて、レティシアは思わず自分の腰を抱く男を見上げた。彼は意味深に笑うだけで、何を考えているのか読めそうもない。

だが……。

(私だけが特別……)

その事実はしっかりと伝わってきて、それが妙に嬉《うれ》しくてくすぐったそうに笑みを返した。

「……そうか……魔力が戻ったのか……」

そんな妹とロジックスの様子をみていたセオドアが、ようやく納得したのか、呻くようにして呟き、はーっと深い溜息を吐いた。そこには安堵とほんの少しの困惑が混じっているようだった。

「お兄様……」

ほぼ実家には寄り付かず、レティシアの為に走り回ってくれていた兄。

その彼が安堵し、肩を落とす姿を目に焼き付けながら、万感の思いを込めて告げる。

「ありがとうございました。私のためにいつも……家にも戻れなくて……なのにお兄様の力を借りずに魔力が戻ってしまって……」

そのレティシアの唇に、セオドアが人差し指を押し付ける。

「言わなくていい。あの花火の事故は……俺が花火師の目を盗んで花火玉に魔力を注いだことにある。あのおふざけで死人は出なかったが、怪我人《けがにん》もいたしあちこちで火が出たし……何よりお前に被害が出た。ずっと償いたいと思っていた」

セオドアはふっと苦々しく笑う。

「だが俺はお前を言い訳に使っていたのかもしれないな。お前の魔力が戻れば……自分が行った悪戯の埋め合わせができるんだろうって」

だがセオドアが秘薬を探し出す前に、レティシアは自分で力を回復させてしまった。

そんな兄の苦し気な発言に、レティシアは首を振る。

「五年前のあの日、お兄様はなんとか火事を消しとめようと頑張ってたわ。それは街の人達もみんな見ていた。怪我をされた方への治療魔法も率先して行っていたし、自分が悪いこともしっかり謝罪してた。もう誰も、お兄様を咎めたりしてないわ」

はっと目を見張る兄に、レティシアはレティシアで騙していた罪を精一杯償おうと決める。

「だからもう、お兄様は自由になさって。と、いっても今までもずいぶん自由になさってたようですけど」

そんなレティシアの言に応えるよう、ロジックスが呆れたように溜息を吐いた。

「そうだな、これからは『銀嶺』の任務を率先してこなしてもらおうか」

げ、という小さなつぶやきが漏れ、セオドアが心底嫌そうな顔をする。

それに対して、ロジックスが追い打ちをかけるように笑顔で告げた。

「今回の件でお前が十分役に立つと証明されたしな」

「……俺はただ、家族の平和を護るために戦っただけだ」

半眼で言い返すセオドアに、しかし彼は笑顔を崩さない。

「わたしもそうだ」

どこが、という台詞をどうにか飲み込むセオドアに、隣に立って二人の様子を眺めていたアイリスが嘆息するとぽん、とセオドアの腕を軽くたたいた。

「セオドア卿が家族思いのいいお兄さんだということは十分にわかりましたので、ちょっと黙っててもらえませんか」

「なあ、お前、昨日からずっと先輩に対して失礼な態度しかとってないのわかってるか？　少しは俺を敬《うやま》おうとかそういうのは」

「ありませんね」

笑顔で切り返すアイリスに、セオドアが絶句している。その様子を眺めていたレティシアは心のどこかで「おや？」と首を傾げた。

アイリスのことはゲームのヒロインなのでよく知ってるのだが……こんな風に誰かをぞんざいに扱うようなキャラだっただろうか……？

（すべてが変わったから、アイリスも態度が違うとか……？　でもなんかお兄様もちょと雰囲気が変わったような……）

興味津々に二人を見つめていると、言い合いに飽いたアイリスが上手にロジックスもレティシアも濁していた部分に切り込んできた。

「結局！　レディ・レティシアが力を取り戻されたきっかけとはなんだったんですの？」

じろっとこちらを見つめる、神秘的な光を宿した紫の瞳。それにじっと見つめられてレティシアは思わず視線を泳がせた。

「それは……」

ロジックスがレティシアの封印装具を取ったからだ。

だがそんなこと言えるわけがない。

言えば、どうしてそうなったのか、と追及される。

なんて答えようかと、ぐるぐると脳内で色々考えていると、レティシアの腰を抱くロジックスの手が怪しげな動きをした。

するっと腰を撫でたのだ。

「ひゃっ」

思わず声が漏れる。

ぎょっとするセオドアとアイリスを前に、ロジックスが涼しい顔で答えた。

「それはわたしとレティシアの秘密ということで」

「…………は？」

唐突に、セオドアが真顔になる。その彼を見返し、ロジックスはイケメン過ぎて目が潰れそうなほど素敵な笑みを返した。

「後日、ランズデール伯爵にお目通りをお願いすると思うが……構わないよな？」

「はあ⁉」

今度ははっきりと、不服そうな「はあ⁉」が聞こえた。

セオドアが更に詰め寄ってくるが、ロジックスはレティシアを抱え上げるとふわりと空に舞い上がった。

「おい、こら！　それはどういう意味だ⁉」

セオドアの絶叫に余裕の笑みを返し、ロジックスは叫び返す。

「とにかく、レティシアは初任務で疲れているだろうし、わたしもかすり傷程度だが負傷した。よって後始末は頼む」

「まてこらあああああ！　話は終わってねぇぇぇぇぇ！」

だがセオドアの罵詈雑言《ばりぞうごん》は、あっという間に風を掴んで飛ぶ二人の耳には届かなくなる。

満足そうに笑って、レティシアを抱えたロジックスが満月の夜を軽やかに渡っていく。

そんな彼に、今しがた聞いた爆弾発言の真相を究明するべく、レティシアが震える声で尋ねた。

「あの……ロジックス様……」

愛し気《いとげ》に、こちらを見下ろす眼差しから目が離せない。激しい動悸に身体を震わせながら言葉を絞り出した。

「さっきの……お父様に会いに行くというのは……」

心臓が耳元で煩いほど高鳴り、期待と不安に、彼の瞳から目を逸らせない。

じっと見つめるレティシアに、ロジックスはこちらが幸せすぎて泣きたくなるような笑みを見せた。

「もちろん、貴女《あなた》を妻にするための正式な手順だが？」

その一言に、目の前が真っ白になり身体を痺れが駆け抜けていく。

ぽかんと口と目を開けたまま固まり、二の句が継げないレティシアにロジックスは甘く告げる。

「アイリスの前で君へのプロポーズを明言した。これでもう、物語と一緒だとは言わせない」

そうして、うっとりとし表情でゆっくりと告げるのだ。

「愛してるのは君だけだ、レティシア」

星と月が輝く夜。眼下に港町の灯が見える中で言われた言葉に、レティシアの心が熱くなる。「私も」と応えようとして、それより先にロジックスが彼女にトドメを刺す。

「わたしと結婚してくれますか？　レティシア」

その答えは、再び降りてきた彼の唇に溶かされてしまうのだった。

エピローグ

　レティシアには前世での記憶がある。魔法よりも科学の方が発達していた文明での記憶だ。その中で、世の中は今の世界とは違って封建的ではなく、個人の自由が尊重されてきていた。

　なので前世の記憶をもとに考えるのなら、プロポーズをしたその後に屋敷に戻らず、二人が一晩滞在した船に戻って同じ部屋にこもり朝まで一緒に居ても何の問題もない。

　だが、この世界ではどうなんだろう、とレティシアが心配するほどに……ロジックスは彼女を離さなかった。

「あっ……あっ……あっ……」

　だいぶ日が高く上り、丸窓からさんさんと日差しが差し込む時刻にレティシアはベッドの上で後ろからロジックスに貫かれていた。

　激しくではなく、ゆっくりと重く突き上げ、その一突き一突きの甘さに腰の奥がじんと痺れたようになる。

　高く上げた腰を彼の指が円を描くようになぞり、丸くすべらかな尻を掌全体で撫でる。それに呼応するように固い楔を咥《くわ》え込んでいる密壺がふるりと揺れて締まり、大きく硬い感触を正確にレティシアに伝えてくるようだ。

もっと深い場所に、もっと強い刺激が欲しい。

彼に教え込まれた身体が、彼の欲望を欲して疼く。

それを感じたのか、緩慢な動作でレティシアを貫く男が獰猛な笑みを浮かべた。

「そんなに締め付けて……もっと奥に欲しいのかな？」

甘くささやく声が意地悪に告げる。言葉と同時に穿《うが》つ動きが止まり、レティシアは切ない嬌声を上げた。

「あ……んっ……」

きゅっと唇を噛んでシーツを握り締める。

じわりじわりと高められてきた快感が、身体の奥で暴れ始める。

無意識のうちに刺激を求め、腰が揺れる。彼に突かれる快感を求めて動けば、隘路を押し広げていた楔がゆっくりと抜けていくのがわかった。

「や」

思わず切ない声が漏れた。

何故動いてくれないのかと涙の滲んだ瞳で背後を振り返れば、意地悪く微笑むロジックスが、ゆっくりと両手の指先で柔らかな尻を撫でた。

丸く、円を描くようなその感触がもどかしく、震える奥を満たして欲しくて抜けていく楔を追いかければ、ぐっと彼の指先が押し留《とど》めるように動いた。

「駄目だよ、レティシア」

「あ……やだ……やぁ……」

欲しい感触を止められて、奥が熱く疼く。懇願するように見上げれば、汗で濡れた髪を掻《か》き上げたロジックスが妖しく笑うのが見えた。

「ちゃんと何が欲しいのか言って」

浅い場所に留まる楔をもっと奥に引き入れたくて、内側がうごめく。爪先でシーツを蹴り、動こうとするレティシアの腰を掴んで、ロジックスが押さえ、奥を貫かれたい欲求がどんどん溢れていく。

「言わないとあげないよ」

ぞっとするほど甘く、レティシアからの懇願を望むその声音に、重く重く身体の奥が震えた。

「レティシア」

低く名前を呼ばれ、息が上がり、シーツを掴んで耐えていたレティシアは見上げるロジックスに本能のままに訴えた。

「お願い……奥まで……挿れて……」

羞恥を超える欲求に訴えれば、入り口付近に留まっていた硬い楔が、じわりと動きレティシアの感じる部分を擦り上げて奥へ押し込まれていく。

「ああっ……あああん」

隘路いっぱいに満ちる楔に、身体が跳ねあがる。そんな強張る細い腰を掴んだまま、ロジックスがぐるっと最奥を抉《えぐ》るように動くから。

「ひゃっ」

一段高い嬌声が漏れ、真っ白な感触が背筋から脳裏へと駆け抜けた。

濡れた唇を喘ぐように動かし、呼吸を繰り返すレティシアの奥を、ロジックスが激しく腰を律動させ攻め立てる。

「やっ……あっあっあっあ」

背を反らし、もっと奥にと求めるように腰を上げるレティシアの、その願いを叶えるよう強く、荒々しく突き動かす。身体のぶつかる音と濡れた音が明るい船内に満ち、それ以外の全てが二人の周りから溶けて消えていくようだ。

「いいよ……もっと……感じて」

熱い身体がレティシアの背に触れ、後ろから抱きしめられる。

身体の前に回された手が、揺れる彼女の真っ白な果実に触れて大きく揉みしだき、尖る先端を指先で転がす。

新たに加わった刺激と、奥を突かれる快感に彼女は悲鳴のような声を上げた。

煽られるように、ロジックスの動きがどんどん速くなり、奥から膨れ上がる衝動に押されて、レティシアは目の前が真っ白になった。

「あああああああ」

きつく巻き上げられたものが一気にほどけるように、身体中に快感が満ちていく。

震えるレティシアの身体をしっかりと抱きしめ、きつく締まる膣内を堪能するように楔が行き来する。

「だめ……や……あ……」

「んっ……」

絶頂に震えるそこを更にえぐり、やがて硬く熱いそれが一際大きく震えてレティシアの中で果てた。

ただそれだけで終わらず、欲望を吐き出したまま押し込むように動かされ、レティシアは自分の身体の全てをロジックスに明け渡したような気持ちになった。

奥深い場所で深く深く繋がる感触。

「あ……ん……ふっ……」

荒い呼吸を繰り返し、身体を震わせるレティシアの上からゆっくりと退いたロジックスがベッドの上に横向きになり、熱く震える彼女の身体を抱き寄せた。

「あ……」

そのまま背後から抱きしめられて、レティシアは艶やかな唇を喘がせた。

まだ熱を持って敏感に震える肌を、同じ熱を持った乾いた掌がゆっくりと撫でていく。

くびれた腰の肌を辿り、丸いお腹を撫で柔らかなふくらみへと指先がにじり寄っていく。身体に溜まる熱を引き上げられるようで、逸らした喉から甘い声が漏れる。

「……可愛い」

くすっと耳元で笑う声がし、熱い唇が耳朶や首筋を撫でた。

身体にくすぶる熾火を掻《か》き立てられるようなそれに、思わず太ももをすり合わせると胸元で戯れていた彼の手が、ゆっくりと下に降りてきた。

「あ……」

滑らかな太ももを掠めるように辿り、足の付け根に掌を押し付け、秘裂を揶揄うようにくすぐったあと、ゆっくりと奥に進んでくる。

「んっ……」

びくり、とレティシアの身体が震える。それに後押しされるように、ロジックスが指を進め、くちくちと濡れた音を立てて花芽と蜜口を指の腹で往復する。

「ここに何回……わたしのが挿入《はい》ったと思う？」

くすくすと揶揄うような声が低く囁き、その内容にレティシアはかあっと頬まで赤くなった。

昨日戻ってきてから、今日の昼までずっとベッドの中にいて何度も貫かれた。うとうとする度に彼が手を伸ばしてレティシアの身体に火をつけるのだ。

「もう無理ですから……」

喘ぎすぎてやや掠れた声で告げれば、心から残念そうに彼が溜息を吐くのがわかった。

「こんなに濡れてるのに？」

「濡れててもです」

慌てて念を押せば、ロジックスがくちゅり、と蜜口から中へと指を滑り込ませた。

「ちょっと⁉」

「ならせめて君だけでも気持ちよくなって」

「いい！　いいですからっ……あっ」

何度も突き入れられた為、腫れ上がっている入り口をゆっくりと撫で蜜を纏って震える花芽を愛撫する。

緩やかな快感の上昇は、激しく揺さぶられて押し上げられるものと違って、じわじわと身体の奥へと進出し征服していく。

いつまでもその甘さに揺蕩《たゆた》っていたい気になり、レティシアは気持ちよさそうに背後にいるロジックスにすり寄った。

すかさず唇が脈打つ首筋の血管に触れ、甘い声が漏れた。

「気持ちいい？」

レティシアの骨をすっかり溶かす声がして、奥に鈍い痺れが走る。その痺れを全身に広げるように優しく花芽を愛撫されて、レティシアは無意識に手の動きに合わせて腰を動かした。

横向きなため少し窮屈だが、閉じた太ももが挟み込む彼の手にじっくりと花芽をこすられて、お腹の奥から甘い疼きがせり上がってくる。

やがて強烈ではない、押し上げられるような快感に身体が震え、彼女はふっと目を閉じた。

瞼の裏が赤く明滅している。

やがてゆっくりと快感の波が引いていき、レティシアはほうっと吐息を漏らした。悪戯をしていた指が引き抜かれ、緩やかながらも絶頂からの倦怠感《けんたいかん》に瞼が重く落ちていく。

それを必死に押し上げながら、レティシアは緩慢な動作で寝返りを打つとロジックスの腕の中に納まった。

「可愛い……」

溜息にも似た声に誘われるように、額に口づけが落ちてくる。甘く呻きながら、レティシアは必死に瞼を持ち上げ手を彼の腰から下に這《は》わせていった。

だが、レティシアを求め、激しく貫き、奥で繋いだ楔に手が届く前にそっと手首を掴まれた。

「駄目だ」

笑みを含んだ声が拒否を示し、レティシアがかすかに唇を尖らせる。

「何故？」

「君が駄目だと言ったんだろ？　なのにこんなことをされたら、折角《せっかく》の我慢が台無しになる」

低く甘い声が耳朶を打ち、レティシアはくすぐったそうに微笑むと、彼の腰の辺りに置いた手で、熱く引き締まった肌を焦らすように撫でた。

「でも……逆につらいんじゃない？」

「大丈夫だ」

悪戯をする手を捕らえて持ち上げ、柔らかな手首の内側に唇を押し当てながら彼が妖しく微笑んだ。

「君が休んだ後にまた……相手をしてもらえれば」

かあっと耳まで熱くなるのがわかる。だが、もう体力が限界のレティシアは彼の身体にすり寄るとそっと目を閉じた。

あれほど警戒していた相手なのに、今は隅々まで心地いい。その事実に驚きながら、レティシアはいったい自分はどこに行くのだろうかと落ちていく意識の中で考えた。

だが眠る直前の短い時間で答えは出ず、ただ自分の未来《ゆきさき》が、前世で知った『最悪』でないことをぼんやりと信じるのであった。

◆◇◆

「信じられない！　私やお兄様や……更にはお姉様まで疑ってたなんて！」

屋敷の客用リビングで上司と親友の正面に座るジョアンナは、怒り心頭といった様子で神妙な表情の二人を睨んでいる。

対して彼女から非難の視線を受けているロジックスとアイリスは一切反論をせず沈黙を守っている。

やがてむーっと頬を膨らませ唇を尖らせるジョアンナに、アイリスが口を開いて……そして閉じた。

次の瞬間。ぎゅっと目を閉じた彼女が勢いよく……それこそ紅茶の乗ったローテーブルに額をぶつけそうな速度で頭を下げた。

「ほんっっっとうにごめんなさいッッッ！」

静かなリビングにがしゃん、と食器がこすれる音と、アイリスの謝罪がわあんと響き、ジョアンナがぎょっと目を見開いた。

「ア……アイリス？」

「本当に本当に悪かったと思ってるわ！　でも、私……幻想薬だけはどうしても許せなくて」

ぐっと、膝に置かれた彼女の手が白くきつく握り締められる。そんな親友の反応に気付いたのか、ジョアンナがゆっくりと背筋を正した。

「私達……私は……あなたとは親友だと思ってた」

こんな声がジョアンナから出るなんて、と妹の隣に座っていたレティシアが目を丸くする。

そんな姉の横で、彼女はきゅっと唇を引き結ぶと、そのまま頭を下げるアイリスの、柔らかなピンク色の髪にそっと手を伸ばした。

「……でもそれは間違いだったの？」

ふわり、と手がアイリスの髪に触れ、弾かれたように彼女が顔を上げた。

「間違いじゃない！　もし……あなたが幻想薬に関わっているんだとしたら……そんなの間違いだから、絶対に助けたいって思ってた」

そんな道はあなたにふさわしくないから。

「でも……ごめん……疑ってたのは間違いないから……」

奥歯を噛み締めているのか、アイリスの顎の辺りが強張る。

その様子を見つめたあと、ジョアンナが天井を見上げてふーっと長い長い溜息を洩《も》らした。

それからおもむろに立ち上がると親友の腕を取った。

「なら……あなたのこと、話してくれる？」

はっとアイリスが顔を上げる。今まで見せていた、妙に大人びた冷静なヒロインの顔が崩れ、へにゃりと歪み、泣きそうな顔になる。

「聞いて……くれるの？」

「聞くわよ」

ぐいっと腕を引いてアイリスを立たせ、ジョアンナが腕を組む。

「親友だもん」

にこっと笑う彼女に釣られたように、アイリスが子供の様に頷いた。

そんな二人を見守りながら、レティシアは胸の奥が熱くなる気がした。

(もしかしたら……これは私が知らない友情エンドなのかもしれないわね……)

しんみりした気持ちと安堵が混じった気分で二人を見つめ、カップを取り上げようと手を伸ばせば、その指先が温かいものに包まれた。

はっと正面を見れば、身を乗り出したロジックスがにこにこしながらこちらを見ている。

「これですべてが丸く収まったと思わないか？」

レティシアの指先を、意味深に彼の親指が撫でる。

ぞくりと腰の辺りに痺れが走った。

一日中船のベッドの上にいて退廃的に過ごしたせいで身体が敏感になりすぎている。しばらくロジックスと触れ合うのはやめた方がいいと思っていた矢先に、この男は手を伸ばしてくるのだ。

視線を上げれば、熱を孕んで妖しく光る金緑の瞳に遭遇する。

慌てて視線を逸らし、手を引き抜けば彼が笑うのがわかった。

(今日は……ていうか、しばらくダメ)

淑女らしく姿勢を正し、再び紅茶を持ち上げれば立ち上がったロジックスが何食わぬ顔でレティシアの隣に腰を下ろした。

その様子に気付いたジョアンナが声を荒らげた。

「私はロジックス様にもまだ怒ってるんですからね！」

涙をこぼすアイリスの手にハンカチを押し付けた彼女がこちらに向き直る。一瞬でレティシアの側に歩み寄り、背もたれを越えて彼女に抱き付くと、怒ったように上司を睨みつけた。

「お姉さまを疑うなんて！　信じられない！」

歯をむいて威嚇するジョアンナに、ロジックスはソファに横向きに座ると、背もたれに腕を回して身を預け、意味深に笑う。

「その件に関して、きちんとレティシアと話し合った。王都に戻ったら正式に求婚するつもりだしね」

「まぁ」

目を丸くするジョアンナと対照的に、レティシアは思わず紅茶にむせた。

「……それって、お姉さまを疑った罪滅ぼしとかじゃないでしょうね？　たったそれだけの理由でお姉さまと結婚しようとしてるなら私が――」

「大丈夫だ。わたしはレティシアを愛している。心から」

「ロジックス様ッ⁉」

思わず悲鳴のような声で名を呼べば、素早く立ち上がった彼がジョアンナの腕を振りほどき、レティシアの腰を掴んで引き寄せた。

「きゃ」

難なく彼女を横向きに抱き上げてこれ見よがしに頬にキスをする。

「というわけで、君たちは君たちの友情を確認してくればいい。わたしはわたしで、愛しい人と愛を確かめ合ってくるから」

「お姉さまの望まないことはしないでくださいね！　それからちゃんとお姉さまの純潔は結婚するまで護るように！」

怖い顔で叫ぶジョアンナの言葉に姉はいたたまれなくなる。

真っ赤になった顔を隠すようにロジックスの上着を引っ張って胸元に顔を埋めれば、二人に背を向けた彼が笑いながら答えた。

「当然だよ、レディ・ジョアンナ。お姉さんはわたしが責任をもって守るから」

いけしゃあしゃあと宣《のたま》うこの男の胸を叩いてやりたい。

口をへの字に結んでロジックスを睨みつければ、彼は嬉しそうにレティシアを見つめている。

ゆっくりと部屋を出て廊下を行き、彼はレティシアを抱えたまま玄関ホールから外に出た。

「……ロジックス様？」

怪訝な顔で尋ねれば、ゆっくりとレティシアを降ろしたロジックスは、彼女と手を繋ぐとのんびりと歩きだした。

彼が行こうとしている先がわかり、レティシアは小さく笑う。

「……灯台に行ってどうする気です？」

先回りして尋ねれば、彼女の手を引くロジックスがふーっとわざとらしく溜息を吐いた。

「レディ・ジョアンナからレディ・レティシアに触れるのは結婚式が終わってからにしてくれと言われたからね。だがわたしの愛は尽きることが無いし、君に触れていないとおかしくなりそうだから……」

ぐいっと強引に引き寄せられてたたらを踏む。

その彼女を抱きしめ、ロジックスが耳元に唇を近寄せると甘く囁いた。

「灯台にいる『ただのレティシア』なら、触れても誰にも文句は言われないかなと」

甘い痺れが身体に走り、身体の中央にある空洞が満たしてほしいと切なく疼いた。

だが、その欲望に流されるのは駄目だ。

「……駄目ですよ、ロジックス様」

ぐっとその胸に手を付いて押し、レティシアは上目遣いに彼を見上げる。

「結婚式まで何があるかわかりませんから。しばらくはなしです」

むっと頬を膨らませて訴えれば、片眉を上げた彼がしばらく何かを考え込むように視線を彷徨わせた後、素早くレティシアにキスをした。

それから登ってきた丘を振り返り、レティシアに屋敷の方を見るように促した。

街から伯爵家の敷地へと続く道を足早に歩く人影が見える。

その人が抱える大きな花束に、レティシアは目を丸くした。

「……お兄様と……花束？」

自分の兄、セオドアがどこか緊張した様子で大きな花束を抱えて歩いていく。

珍しすぎる取り合わせだと眉間に皺を寄せていると、隣に立って肩を抱くロジックスがすまして告げた。

「これからお付き合いを申し込むらしい」

「お兄様が⁉」

ぎょっとして振りむけば、彼が幸せそうに微笑んでレティシアを見つめていた。

その表情が。

物凄く嬉しそうなのと……そして誇らしそうな上に、自信に充《み》ち溢れていて、レティシアは思わず魅入ってしまう。

その彼女の頬にそっと触れ、ロジックスが内緒ごとを告げるようにそっと囁いた。

「そうだよ。彼は……アイリスに交際を申し込むつもりだ」

その言葉に、レティシアの目が大きく大きく見開かれた。

お兄様が…………お兄様が、アイリスに⁉

(……じゃあ……それって……⁉)

ロジックスが、レティシアの細い腰を両手で掴んで持ち上げくるりと回す。

「そうだよ。君がずっと心配していたアイリスのお相手は、恐らくセオドアだ。なんだかんだいってあの二人はお似合いだったよ」

笑うロジックスを信じられない思いで見下ろし、それからレティシアは自分を抱き上げる彼の腕に身を預けた。ついには走り出す兄の背中を見て身体中に幸福と安堵が満ちていくのを覚える。

「そう……お兄様が……」

ゲームでセオドアは悪役令嬢の兄なのでキャラ絵すらない存在だった。その彼とヒロインが結ばれるなんて、本当にゲームとは関係ない未来を進んでいる。

それは自分があの日、魔力を封じたことから始まっているのだろうか……。

(わからないけど……でも……)

自分を抱える男がゆっくりと、丘の上の灯台を目指していく。

徐々に近づくその建物と、彼の顔を交互に見下ろし、レティシアはじわりと温かいものを感じながらそっと彼のこめかみに口付けた。

「レティシア？」

驚いたようにこちらを見上げるロジックスに、彼女は笑う。

心から。晴れ晴れと。

「好きです。ロジックス様」

溢れる思いをそのままに伝えれば、彼が少し目を見張った後。

「愛してます、レティシア」

「きゃ」

レティシアを抱え直し、横向きに抱き上げたロジックスは、そのままレティシアの唇を塞いだ。

長く甘いキスの後、ほんの少し離れた彼はレティシアに額を押し当てたまま、呻くように告げる。

「無理だ……我慢できない」

「ええ⁉」

驚く彼女を抱えたまま、ロジックスが走り出す。

「ロジックス様！」

灯台に連れ込まれるレティシアが笑い声をあげる。

夏の日差しの中、二つの重なった影が扉から中に消えた。

次に開くのは恐らく日が昇るころであろうか。

あとがき

こんにちは、千石かのんです！
この度は「悪役令嬢ですが破滅回避で体調不良を理由にイケメン公爵から逃げたら、甘～い溺愛で捕まえられました！」をお手に取っていただき誠にありがとうございます！
今回のお話は自分史上初の悪役令嬢物ということで、色々……色々大変でした（笑）
でも死ぬ運命を回避しようと奮闘するヒロイン、レティシアは書いていてとても楽しかったので……読者の皆さまにも楽しんで頂けたらなと思っております。
さて、ヒロインですが現代日本から乙女ゲーの世界に転生してくる、漁村生まれの女の子です。花火大会の日に不慮の事故に遭い……その記憶を十五の誕生日で思い出し、ゲームの悪役令嬢になっていることに気付くのですが、彼女、冒頭ですでに回避を成立させかけます（笑）
強引な手段でゲームが始まりすらしない方向に持ち込み、「さあ！　スローライフを満喫するぞ！」というところで思わぬ事態に巻き込まれていきます。
すでに全部読み終えてここに辿り着いている読者さまなら、このあとレティシアちゃんはちゃんとスローライフが送れるのか、気になるところかと思いますが、多分……公爵家でも大豆の野望は抱き続けるのではないかなと思います。

公爵家の庭が畑になる日は近いですね。あと鮮魚のための魔法を研究しそうな気もします。

瞬間冷凍とか……そのための運搬方法とか……。エアコンが欲しいって言ってましたね。

それからヒーローのロジックスさんですが、冷酷かと思いきや意外とあっさりレティシアちゃんへの気持ちを認めてくれました（笑）

もっとこう……疑ってもよかったのよ？　と思わないでもないのですが、彼は「嫌です」とはっきり態度で明示してくれましたね。その方がよかったかな！

そんなレティシアとロジックスの物語、楽しんで頂けましたら幸いです。

それでは最後に謝辞を。

まずは素敵な表紙と挿絵を描いて頂きました、鳩屋ユカリ先生ッ！　レティシアの可愛らしさとロジックスの愛溢れる様子を素敵なイラストにしていただきありがとうございました！　個人的にはアイリスとセオドアも好きです～　アイリスが可愛い！

それから担当様。「これでいいのか？」というプロットをいつも「面白いです！」と言っていただけて……本当にありがとうございます。精進します。

友人の「にべこ」の皆さま。今回も「ひえええええ」ヒロインだよ、ひゃっほう！

最後に読者の皆さま、いつもありがとうございます。少しでも楽しんで頂けましたら幸いです！

それではまた次回、どこかでお目にかかれますように。

千石かのん

ガブリエラブックスをお買い上げいただきありがとうございます。
千石かのん先生・鳩屋ユカリ先生へのファンレターはこちらへお送りください。

〒110-0016　東京都台東区台東4-27-5（株）メディアソフト
ガブリエラブックス編集部気付　千石かのん先生／鳩屋ユカリ先生　宛

gabriella books

MGB-110

悪役令嬢ですが破滅回避で体調不良を理由にイケメン公爵様から逃げたら、甘〜い溺愛で捕まえられました！

2024年4月15日　第1刷発行

著　者　千石《せんごく》かのん

装　画　鳩屋《はとや》ユカリ

発行人　日向晶

発　行　株式会社メディアソフト
〒110-0016
東京都台東区台東4-27-5
TEL：03-5688-7559　FAX：03-5688-3512
https://www.media-soft.biz/

発　売　株式会社三交社
〒110-0015
東京都台東区東上野1-7-15
ヒューリック東上野一丁目ビル３階
TEL：03-5826-4424　FAX：03-5826-4425
https://www.sanko-sha.com/

印　刷　中央精版印刷株式会社

フォーマットデザイン　小石川ふに（deconeco）

装　丁　齊藤陽子（CoCo. Design）

ISBN 978-4-8155-4336-5

本作品はフィクションであり、実在の人物・団体・地名とは一切関係ありません。